ちくま学芸文庫

紀貫之

大岡信

筑摩書房

目次

一　なぜ、貫之か　七
二　人はいさ心も知らず　三七
三　古今集的表現とは何か　六五
四　袖ひぢてむすびし水の　九五
五　道真と貫之をめぐる間奏的な一章　一三七
六　いまや牽くらむ望月の駒　一七七
七　恋歌を通してどんな貫之が見えてくるか　二〇七
あとがき　二四一
貫之略年譜　二四六
貫之和歌索引　二五三
解説　水底という「鏡」に映す自画像　堀江敏幸　二六一

紀貫之

一　なぜ、貫之か

紀貫之について語ることは、たとえば柿本人麻呂や和泉式部、在原業平や建礼門院右京大夫その他について語るのと、いささか異る立場に論者を置くように思われる。

貫之はいうまでもなく古今集の代表歌人であり、古今集一千百首の一割近くは彼の歌で占められているほどに重視された人だが、その歌については、何はともあれ、明治三十一年二月の正岡子規による「下手な歌よみ」という罵倒が、今なお私たちの耳もとで響きつづけているほどの強烈な打撃となり、貫之についての今日の通念をかたちづくってしまったといえる。このことがまず問題となろう。

子規が「歌よみに与ふる書」の第二回に「貫之は下手な歌よみにて古今集はくだらぬ集に有之候。其貫之や古今集を崇拝するは誠に気の知れぬことなどと申すもの丶、実は斯く申す生も数年前迄は古今集崇拝の一人にて候ひしかば今日世人が古今集を崇拝する気味合は能く存申候。云々」という書き出しで「三年の恋一朝にさめ」たくやしさ、腹立たしさを、子規独特ののびやかで単刀直入な物言いで言ったとき、彼自身は必ずしも古今集や貫之そのものをまなじりを決して否定しようとしたのではないにもかかわらず、「貫之は下手な歌よみにて古今集はくだらぬ集」という冒頭の挑発的な断言は、正確に、深々と、たぶん子規自身の意図をもはるかに上回るセンセーショナルな影響力をもって、明治三十年代の詩歌界に突刺さった。私は子規の貫之、古今集否定の言葉を読みながら、一人の若くて上り坂にある覇気満々のボクサーが、年とって衰運にあるかつてのチャンピオンをリング上に呼び出し、相手にはもはや戦意はないのに、あたかも相手が今なお悠々と余力を残している名選手のごとくに観客に披露した上で、さて鮮やかに一撃を相手の顎に加えてマットに沈め、勝利の手を高々とあげているのを見る思いがする。

子規は（そして子規以前にやはり御歌所風、古今風の歌を「亡国の音」〈「二六新報」明治二十七年五月連載〉によって攻撃して先鞭をつけた与謝野鉄幹も）、短歌という形式そのものの生命までが完全に朽ちはてていると考えていたわけではない。それは明治の新しい息吹きで再びよみがえらせうるものと彼らには映っていた。それをよみがえらすためには、そこに先住者として居坐っている旧態の歌風をまず放逐せねばならぬ。放逐した上で、三十一文字の家の内側を、もっと単純明快で理窟を排した、燃えたつように鮮烈な色調で塗りかえねばならぬ。その時、先達となるものの姿はすでに見えていた。万葉集であり、源実朝であり、田安宗武、平賀元義、橘曙覧《あけみ》であった。

このような論点をもつ和歌革新の議論が、詩心ある青年に当時どのように受けとめられたかについては、ひとつの証言をあげるのが適当であろう。

私が作歌を試みた明治三十二年頃は、和歌革新運動が起ってから程もない頃であった。その新運動は、当時歌界の中心をなしていた宮内省御歌所の歌風を目標にしたものであるが、私たち二十代に入ったばかりの青年には、今日より想像される如き大きなものには見えなかった。これを実際についていうと、御歌所の歌人又はその系統の人の歌は、当時の雑誌の一隅にはよく載せられているので、時には読んで見ることがあったが、私などには全然興味のないものであった。従って、更に注意して読もうともせず、ましてそれに倣って作って見ようとも思われなかった。一くちにいえば私なぞには存在しないと同様なものであった。従って、そうした歌風を目標としての革新の論も、さして意義深いものとは思えなかったのである。それ故に、堂々と革新の論をしている、与謝野寛氏の個人性の発揮、正岡子規氏の万葉集を宗としての写生ということも、これをその当時勢力をもっていた新体詩（詩）・俳句の方の論から見ると、むしろ当然のことで、既に常識化しているものとも思われたのであった。結論的にいうと、私などのこれらの先輩から受けた影響は、従来、文芸以外のものの如く思っていた和歌も、言われる如き態度と方針で作ったならば、文芸となる可能性があろうと思ったことである。そう思うと、未知に対する冒険の興味ともいうべきものが起り、作家欲がそそられるのであった。

（「歌集について思い出す事ども」）

この窪田空穂の証言は、明治二十年代、「文学界」を中心に生じた若々しい理想主義の感化によって、文芸というものは宗教的価値の世界をも含め、人生第一義の諸問題にかかわるのを本質とするものだ、という信念を得た青年にとって、「和歌」というものがどのように侮蔑の眼で見られていたかをよく示している。

実際、詩歌、小説の世界で、和歌の革新はもっとも遅れていた。近代詩についていうなら、すでに明治六年以降徐々に一部の青年の心をとらえはじめていた賛美歌の新声は別としても、明治十五年の『新体詩抄』は、「平常ノ語ヲ用ヒ」「西洋ノ風ニ模倣シテ一種新体ノ詩ヲ作リ出」すこと（矢田部良吉）を主張し、「泰西之詩。随レ世而変。故今之詩。用ニ今之語一。周到精緻。使ニ人翫読不レ倦。於レ是乎又曰。古之和歌。不レ足レ取也。何不レ作ニ新体詩一乎。」（井上哲次郎）として、泰西の詩にならって現代語を用いて周到精緻な詩を書くことをすすめ、そのような詩の興趣にくらべれば、和歌などはとるに足らないとのべており、欧化思想の高まりに歩調を合わせた詩歌革新は、とにもかくにもここに一段階をはっきりと画したのだった。もっとも、たとえば巽軒《そんけん》井上哲次郎のその後の思想的軌跡からすれば、

『新体詩抄』にこのような形で参加していたことは、ほとんど若気の過ちとさえ評せそうなほどのものであったし、そのことのうちに、明治十年代という一時代のあわただしい過渡的性格もよく出ていたといえるのである。第一、現代平常の語を用いて新体の詩を書けとよびかける文章が、漢文で書かれているという矛盾が、さして気にもとめられなかった時代だったのだ。時代の趨勢とはいえ、そういう、いわば楽天的な進歩開化主義によって近代詩の歴史がはじまったという事実は、その後の詩人たちの仕事にもさまざまな形で痕跡を残してゆくだろう。

しかし今はその点にまで立ち入る必要はない。ただ、「平常ノ語」を用いて書くという肝腎な主張が、実際にあたって、詩人たちにどのように理解されていたか、その一例を見ておくのも一興であろう。やや時代が下った明治三十三年、華々しい出発をして文学青年たちの視聴を集めていた新詩社の「明星」第四号に、斎藤緑雨作歌、狛之屋主人作曲になる「月」という作が五線譜つきで掲載されている。

おまへでる月わしやはいる月、合の手ながめあかそと合約束したが、みえぬ二十日《はつか》を
どうせうぞ。

端唄である。曲調にも格別の新味はない。これだけなら、粋人緑雨の手すさびとして微笑して眺めればよいだけのものである。しかしこの歌には左註がついていて、次のように

いう。

鉄幹曰く。近年韻文の創作多けれども、作家は音楽を解せず、音楽家は詩意を領せず、両者の距離甚だ遠きを遺憾とし、第一流の音楽大家に語ひて作曲の工夫を煩し、毎号の本紙に掲載せんとす。新体詩の基礎を普通語の上に置かんとするは僕の持論にして、緑雨君も亦夙《つと》に同意見を抱かれ、その所作の篋底《きょうてい》に秘められたるもの少しとせず。爰《ここ》に狛之屋主人の作曲を得たるは其一篇也。こは琴にても三弦にても風琴にても奏し得べし。

鉄幹にとっても緑雨にとっても、右のような作が「基礎を普通語の上に置」いた新体詩だったのだ、と言いきってしまってはあまりに事を単純化しすぎるだろうが、しかし鉄幹の言葉はそう語っている。続く第五号にも、緑雨作歌、狛之屋主人作曲による「松の木」があって、それは「松はをとこの立ちすがた、いぢにやまけまい吹け〳〵あらし、枝はをれよと根はをれぬ」というのである。

おそらく、平常語、普通語というものが、新体詩の中でほんとうに身についたものとして用いられるようになるのは、明治四十年代に入ってからのことであり、詩集としてはそれは高村光太郎の『道程』（大正三年）あたりで、意想も意匠も律動感もそなえたものになったといえるのであって、『新体詩抄』から数えれば三十年前後、つまり昔風にいって一世代がそのために費されねばならなかった。私はそれをごく自然な歳月の経過だったと思う。その間のさまざまな平常語、普通語による詩表現への試みが、今日の眼で見て歯がゆかったり滑稽だったりするのは、事柄の重大さからすれば、むしろ混乱の度合いの少なさに驚いた方がよいほどのものかもしれなかった。しかし、とにもかくにも、明治十五年には、そのような方向への最初の試みが自覚的に表明されていたというのが、新体詩の世界での出来事だったのである。

小説の世界で、同じような意味合いをもって出現したのは、いうまでもなく坪内逍遥の『小説神髄』(明治十八年)である。政治小説や勧善懲悪の道学者流小説の、いわば主人持ちの小説から、「人情」すなわち人間の性情そのものを「美術」(芸術)の独立的価値の自覚のもとに描きつくすことを説いたこの小説論について、ここで事新しく論じる必要はない。ただ、逍遥が同じ年に出した小説『当世書生気質』に横溢する戯作趣味、二葉亭四迷の『浮雲』(明治二十~二十二年)の文体における同様の戯作趣味ならびにそれからの脱皮への未完に終った戦い、さらには森鷗外の文壇処女作『舞姫』(明治二十三年)の中に指摘される、少なからぬ人情本的・才子佳人小説的痕跡などに、同時代の小説における、新体詩の場合にも通じる過渡期のさまざまな問題を見出すことは困難ではなかろう。しかし、すでに小説の質の変革は始まっていた。

では俳句の世界はどうだったか。ここでも革新者は子規であり、子規以外ではなかった。

鉄幹が元来理論的な人でなく、その議論においても、感情に訴える以上の駄目押しを理路整然と展開することには長じていなかったのに対し、子規は並はずれて論理的な頭脳の持主だったと私は思う。そして感情生活においては、もとより彼は直観力に秀でた人物であり、しかも不屈の勉強家であった。これらの資質は、すべてが相寄って、革新家子規のめざましい戦闘力を形づくる。俳句においても和歌においても、「有りの儘」、「自然」を何よりも尊んだ子規が、並はずれて論理的な頭脳の持主だったことはおもしろいが、このことは彼にあっていささかも矛盾してはいなかった。直観と感情とが告げるところを、論理がひたすら跡づけ精緻にしてゆくという形で子規の俳論、歌論は展開するからである。もうひとつ思いつくことをいえば、本来論理的であるべき散文においても、問題の感情的把握にとどまるところの多かった鉄幹が、「明星」あるいはそれ以後の仕事において、おおむね泰西好みの傾斜を示し、外向的、拡散的な傾向を示したのに対し、「理窟」の句、歌を何よりも嫌った子規が、論理的で、とことんまで理窟でも勝ち抜こうとする性質をもっていた子規が、国粋的な好みに傾き、俳論においても歌論においても、また「墨汁一滴」「病牀六尺」ほかの日録においても、自己の趣味信念を端的に披瀝してつねに集中的であったことは、なかなかおもしろい。このことは、あるいは明星派の華やかだが比較的短命だった運命と、根岸派ならびにその子孫の、地味だが根強い生命力との対比を、すでにそれぞれの創始者において象徴的に示していたものと言いうることかもしれない。おそらく、二人のあいだで、「自然」、また「有りの儘」ということに関する態度については異論はなかっただろう。しかし、その実現の方法に関しては、微妙な差異があった。鉄幹が「自我の詩」を言い、短歌という呼び名を嫌ってこれを短詩と名づけたとき、その意図は今日のわれわれにも共感できるほどの真率さに貫かれていたにもかかわらず、どこか足が地につかない頼りなさがそこに忍びこむように思われるのは、彼が短歌という詩形のもつ一種の魔力、とりわけ下句七七の情緒喚起力を中心とするその調べの魔力を、あまりにも簡単に、詩一般の共和国へと解放し解消してしまったことにもよるのではなかったろうか。

子規はその点ではるかに沈着だったといえるだろう。自然主義と写実主義。この二つの彼の主張は、俳句においては芭蕉よりも蕪村を評価し、和歌においては貫之ならびに古今集を排して万葉集ならびに実朝以下曙覧までの万葉調歌人を推賞するという形で、いわばもう一つの伝統の存在を人々に明らかにしたのである。すなわち、激烈な伝統破壊者のような登場の仕方をしながら、じつは、すぐれた偶像破壊者であり、結果的にはもう一つ別の伝統の発掘者、顕彰者、継承者となったのが、子規の仕事の意味だったのだと私には思われる。

話題が先走りしすぎたが、俳句の革新者としての子規について、もう少しふれておかねばならない。和歌の革新が、新体詩、小説、俳句のいずれよりも遅れて生じたというのがこの話題のそもそものはじめだった。

子規が俳句革新の声をはっきりとあげた最初期の文章に、明治二十六年冬に書いた「芭蕉雑談《ぞうだん》」がある。もとより、前年に刊行された『獺祭書屋俳話《だっさいしょおく》』が、子規と俳句との関わりの発端の姿を示すものとして興味があるが、そこではたとえば和歌・俳句の命数のほぼ尽きているという主張をのべるのに、これらの詩形の短小さからして、組合せうる字音に限りがあるから、という単純な計算的理由をまじめくさってあげるなど、子規がまだ俳句の本陣に攻めこんではいないことを示す部分が少なくない。

しかし、「芭蕉雑談」に至って、子規は颯爽たる偶像破壊者としての姿をあらわす。彼の主要な論点を眺めてみると、現在でも一向に古びていない作家論の本質的問題が、子規によって当初からはっきりと自覚されていたことがわかる。そしてまた、まさにその点に、彼の貫之、古今集への非難という問題もかかわっていたことを知ることができる。

子規は芭蕉のどこを最も認めていたか。「芭蕉雑談」の叙述からすると順序がむしろ逆になるが、まずその点から眺めてみたい。

子規は芭蕉のうちに「雄渾豪壮」の要素を見出し、特筆すべき偉大さだという。「美術文学中最《もつとも》高尚なる種類に属して、しかも日本文学中最《もつとも》之《これ》を欠く者は雄渾豪壮といふ一要素なりとす。和歌にては万葉集以前多少の雄壮なる者なきにあらねど、古今集以後（実朝一人を除きては）毫も之を見る事を得ず。（中略）而して松尾芭蕉は独り此間に在て豪壮の気を蔵《をさ》め雄渾の筆を揮ひ、天地の大観を賦し山水の勝概を叙し、以て一世を驚かしたり。」

今日では人があまり問題にしないような論点である。しかし、言われてみれば、芭蕉のうちにこの種の観察を妥当なものと思わせる句があること、しかもそれらは芭蕉の中で逸することのできない一群を形づくっていることに思い至るのである。子規がそこで挙げている芭蕉の「雄壮なる句」には、次のようなものがあった。

五月雨を集めて早し最上川
あら海や佐渡に横たふ天の川
一声の江に横たふや時鳥《ほととぎす》
五月雨の雲吹き落せ大井川
郭公《ほととぎす》大竹原を漏る月夜
かけ橋や命をからむ蔦かつら
塚も動け我泣声は秋の風
秋風や藪も畑も不破の関

猪も共に吹かるゝ野分かな
吹き飛ばす石は浅間の野分かな

子規は芭蕉のうちに、このほか、「自然」「幽玄」「繊巧」「華麗」「奇抜」「滑稽」「蘊雅」その他、豊かな変化を見て賞讃しているのだが、その最も力を入れて説くところは、芭蕉が日本文学史上きわめて稀れな「雄渾豪壮」の詩人だったという点なのである。そこに私は、子規という明治二十年代の詩人の特質がおのずとあらわれているのを見る。と同時に、明治二十年代だったから、このような観点から芭蕉を闊達に評価することもできたのだと思う。詩歌の革新を、堰を切ったように実行に移そうとする若い詩人にとって、芭蕉のえらさを雄壮という点に見出そうとすることは、むしろ生理的必然でさえあっただろう。その生理的必然が、日本文学史の中に雄渾豪壮の系譜を跡づけることを要求したのである。

そこで、「滑稽と諧謔とを以て生命としたる俳諧の世界に生れて、周囲の群動に制御瞞著せられず、能く文学上の活眼を開き一家の新機軸を出だし」云々という、芭蕉の「破天荒」への賞讃も生れてくるわけである。

ここで「滑稽と諧謔」への、にべもない蔑視と拒絶が語られていることは、当然の成行きだったとはいえ、やはり注目しておいてよい。子規の雄壮好みは、別の面からすれば、彼の一種書生っぽ風の生真面目さ、若さに支えられていたのである。

虚子が花鳥諷詠をとなえ、俳句というものの本質を、天地の造化への挨拶という点にあると考えたことは、したがって、盟友でありまた師であった子規の趣味、志向に対する批判ないし修正という面をも含んでいたはずである。造化への挨拶という思想は、何らかの意味で、「滑稽と諧謔」の要素を許容せざるを得ないからである。そこには、子規の猛進直進からの、ひとつの揺り戻しによる、俳句的なるものの再確認という要素もあっただろう。虚子が子規歿後(明治三十五年九月十九日歿)二年ばかりたった明治三十七年に、漱石や四方太などと俳体詩や連句を試み、中でも漱石との共作「尼」(三十七年十一月、十二月「ホトトギス」)では、漱石のゴシック・ロマン風の幻想趣味に付き合って、祟りがあると言い伝えられる古塚の、苔を透かしてかすかに読まれる「狂尼の墓」という文字を手がかりに、「二人の好事子」が戦乱で失せた夫に焦がれて狂い死にした尼の半生を幻想するという仕立ての連作俳体詩をつくっていることなど、子規、漱石、虚子という三者の形づくっていた関係を考える上でも興味ぶかいし、虚子がいったんはこういう傍道を逍遥しながら、花鳥諷詠という思想を確立していったことも、顧みられてよいことであろう。

ところで、日本文学の歴史で、「滑稽と諧謔」が、はっきりと個人の創作モチーフの中に自覚され、高度の発達をとげたのはいつごろからかといえば、それは、集としての古今和歌集にまでさかのぼる。誹諧歌と名づけられる歌がここに含まれている——それは万葉集巻十六の一群の戯笑歌の系統を引いて古今集にひとつの定位置を占め、のちの詞花集では「詞花集は殊に様はよく見えはべるを、余りにをかしき様の振りにて、ざれ歌ざまの多く侍るなり」と藤原俊成が評したほどになり、「今日よりはたつ夏衣うすくともあつしとのみや思ひわたらむ」「我が恋は蓋身かはれる玉櫛笥《くしげ》いかにすれども合ふかたぞなき」のような狂歌まがいの駄洒落が勅撰の和歌集に位置を占めるようになる――が、ここでの関連で言えば、誹諧歌よりもさらに凝ったものとして、古今和歌集巻十の物名《もののな》歌をあげねばならないだろう。これもすでに万葉集に先蹤《せんしょう》がないわけではないが、やはり古今集においてはじめて定位置を占めたものだ。貫之はこのジャンルの手腕家であったが、ここには比較的すなおに詠まれた「よみ人しらず」の歌を一首とりあげておく。

やまがきの木　　　よみ人しらず

秋は来ぬ今やまがきのきりぎりす夜な夜な鳴かむ風の寒さに

「今やまがき（籬）のきりぎりす」という部分に、題の「やまがき（山柿）の木」が詠みこまれ、隠されている。歌はいかにもよみ人しらずの歌らしく、写生的で単純で、かすかに哀愁を帯びたものだが、この種の歌にも、実は今見たような語戯、言葉遊びの要素が含まれていたことは、注目してよいことだろう。この問題については、古今集全体の歌風、また中国六朝詩の影響などにもふれながら、追い追い考えてみなければならないが、一つの物を示す言葉を別の言葉の中に隠すということ、言いかえれば、あるものと別のものとを「合わす」ということは、必然的に遊びの要素を含む。それは、文学的意識の、ある程度の成熟と、それにともなう余裕とを背景にしなければ生じ得ない要素である。あるいは、逆に、「合わす」ことを知ったとき、そこにはある種の詩的感情の成熟があるのだと言いかえてもよい。記紀歌謡に見られるように、詩歌の歴史において、記憶にとどめられ、歌いつがれるようになる最初の歌々は、おおむね唱和の歌、あるいは対話的な歌であるということを思い合わせてもよい。ほんとうはそれらの歌が真に最初の歌だったわけではあるまい。それ以前にも無数の歌がうたわれていたはずである。けれどもそれらは忘れられ、「合わす」ことに成功した歌だけが、人々の記憶にとどまったのである。そこには、挨拶もあれば諧謔もあり、もじりもあれば滑稽もあった。そして、そのような歌の役割あるいは力を、古代人がいかに重んじ、また愛したかは、中古から中世に至る「歌合」の度かさなる催しの中に、おそらく最も象徴的にあらわれているのである。「合わす」ことの芸術的洗練の一極致がそこにあった。そしてまた、そこには、たえず笑いや失敗譚もあったのである。

貫之がそういう局面においても中心的役割をはたしたらしいことは、「天慶二年二月二十八日紀貫之家歌合」や、またこれよりも作品の内容は高い（ただし歌合ではなく、凡河内躬恒《みつね》、藤原伊衡《これひら》、紀友則、藤原興風、大江千里、坂上是則、壬生忠岑という当代一流の歌人たちを集めて貫之家で開かれた三首競詠の試みであるところの）「三月三日紀師匠曲水宴」を読むだけでもうかがい知られるところである。

そういう観点から見ると、芭蕉の「雄渾豪壮」を特にとりあげて称える子規が、貫之を罵倒するのはまず当然だといわねばならない。そこに子規のやむにやまれぬ真実があった。けれどもまた、そういう子規にはとらえることのできなかった貫之、あるいは古今和歌集の面白さがあるだろうということも、同じ理由から言えることになろう。

しかし、子規の貫之攻撃に関連して、さらにふれておかねばならないことがある。それを、「芭蕉雑談」に沿ってもう少し考えてみることにしたい。

子規は先に見たように、芭蕉を一つの明確な観点から称揚し、評価しているのだが、実はそういう称揚に先立って、この文章のはじめの方では次のような物騒な断定を下しているのである。

余は劈頭《へきとう》に一断案を下さんとす。曰く、芭蕉の俳句は過半悪句駄句を以て埋められ、上乗と称すべき者は其何十分の一たる少数に過ぎず。否、僅かに可なる者を求むるも寥々晨星の如しと。

四年後、「貫之は下手な歌よみにて古今集はくだらぬ集に有之候」と、のっけに断定してから貫之論、古今論をくりひろげたのと全く同じ手口の、子規一流の偶像破壊的アジテーションである。「劈頭に一断案を」くだしておいて、あとでそれをやわらげるような意見をしるしている点でも、芭蕉論、貫之論は共通している。子規の戦術家としての卓抜さがうかがわれる一節だが、彼はいったいなぜこのような戦術を用いたのか。彼のより大きな戦略構想は、いったい何だったのか。

子規はその点についてもきわめて明快かつ雄弁である。芭蕉はたしかに一大偉人だ、と彼はいう。英俊ひしめく芭蕉の弟子たちを、有無をいわせず統率しえた彼の力量は、もって彼の「智徳兼備の一大偉人たるを証するに余あり」と子規はいう。しかし、「そは俳諧宗の開祖としての芭蕉にして文学者としての芭蕉に非ず。文学者としての芭蕉を知らんと欲せば、其著作せる俳諧を取て之を吟味せざるべからず。然るに俳諧宗の信者は句々神聖にして妄《みだ》りに思議すべからずとなすを以て、終始一言一句の悪口非難を発したる者あらざるなり。寺を建て廟を興し石碑を樹て宴会を催し連俳を廻《めぐ》らし運座を興行すること、固《もと》より信者としては其宗旨に対して尽すべき相当の義務なるべし。されど文学者としての義務は毫も之を尽さゞるなり。」

これと全く同じ考えが、「再び歌よみに与ふる書」にのべられているのを私たちは見る。

それでも強ひて古今集をほめて言はゞつまらぬ歌ながら万葉集以外に一風を成したる

処は取得にて如何なる者にても始めての者は珍しく覚え申候。只之を真似るをのみ芸とする後世の奴こそ気の知れぬ奴には候なれ。それも十年か二十年の事なら兎《と》も角も二百年たつても三百年たつても其糟粕を嘗《な》めて居る不見識に驚き入候。

貫之とても同じ事に候。歌らしき歌は一首も相見え不申候。嘗て或る人に斯く申候処其人が「川風寒み千鳥鳴くなり」の歌は如何にやと申され閉口致候。此歌ばかりは趣味ある面白き歌に候。併し外にはこれ位のもの一首もあるまじく候。「空に知られぬ雪」とは駄洒落にて候。「人はいさ心もしらず」とは浅はかなる言ひざまと存候。但貫之は始めて箇様《かやう》な事を申候者にて古人の糟粕にては無之候。詩にて申候へば古今集時代は宋時代にもたぐへ申すべく俗気紛々と致し居候処は迚《とて》も唐詩とくらぶべくも無之候へ共《とも》さりとて其を宋の特色として見れば全体の上より変化あるも面白く宋はそれにてよろしく候ひなん。

古人の「糟粕をなめる」ことに対する子規の断固たる攻撃、言いかえれば、我をもって古人となさんとする気概こそ、子規の俳句革新、短歌革新の根本精神であって、そこに彼の基本戦略としての芭蕉、貫之批判があった。つまり彼にとっては、芭蕉や貫之そのものより、彼らを崇拝し神秘化しその結果愚にもつかない「伝統」を形づくってきた者たちに痛棒をくらわすことこそ、真の目標だったと言っていいのである。

そこに、明治中期の啓蒙家としての子規の面目もあった。彼が貫之集を丹念に読んだ上でこういうことを言ったわけではないことは、貫之の歌三首にふれての、あっさりした短評を見ても知られるところだ。それらは、子規にとっての真実は語っているが、貫之の歌あるいは仕事の真実に深く突刺さっているとはいえず、それらをこれだけで評し去ることはもとよりできないのである。

子規の文章については、なお触れるべきこともあるし、第一、私は子規の文章を、彼が他の人間に加えている評価について首肯しかねるときでも常に愛読するものだが、ここではもうこれ以上深入りすることをやめ、この章のしめくくりとして、こんな風に貫之や古今集を攻撃した子規の眼の前にあった当面の相手、明治期の「古今の糟粕」の歌がいったいどんなものだったのかを少し眺めておくことにしよう。

郭公　　　　　三条西季知卿
めづらしといひしはつね（初音）ののちもなほあかれむものかやまほととぎす

夢見紅葉　　　間宮八十子
ぬば玉のよはのまくらに見えつるはかべにぬるでのもみぢなりけり

秋月明　　　　松門三艸子
月かげをあはれといひてとるふでのうのけのすゑも見ゆるよはかな

水辺立秋　　　　　　　　　　　　　小中村清矩

すむといふそらにかよへる水のうへをけさよりわたるあきのはつ風

雉　　　　　　　　　　　　　　　　海上胤平

ほろ〳〵とつばきこぼれて雨霞む巨勢《こせ》の春野にきぎすなくなり

花見に嵯峨にまかりて　　　　　　　　高崎正風

大ゐがは春もあらしのさむければ千鳥なくなり花かげにして

歳旦　　　　　　　　　　　　　　　千家尊福

むかしより月日《つきひ》を老《おい》になさじとやくれてはとしのあらたまるらむ

明治十年出版の『明治現存三十六歌撰』の数首である。私はこれを窪田空穂の「新派和歌の成立」（昭和十年）から孫引きしたのだが、空穂はその中で、一にも開化、二にも開化という「餓ゑて食を選ぶ余裕のない、突きつめた心をもつてした」欧米模倣の維新直後の時代に、和歌が社会的に存在を保ちえた「不思議」に注意をうながし、棄て去られても仕方がないと思われたはずの和歌が生きながらえたのは、和歌好きの明治天皇の歌道振興によるところが大きかったと指摘している。天皇の唱導により、明治二年というはげしい変動の時期に、宮中に「歌道御用」の係が設けられ、官吏に「春風来海上」の勅題を賜って詠進せしめ、明治四年、宮内省に「歌道御用掛」が設けられ、七年からは一月の御歌会始に、国民一般の詠進を許可、十二年からは詠進歌中の秀逸が御前披講に加えられることになった。この制度が明治、大正、昭和の現在に至るまで続いているのは周知の通りである。右のような事情によって、御歌所の歌人は、明治三十年代はじめまで、歌壇の中心であり、衰えはてたかにみえた和歌の命脈をわずかにつないできたのである。明治十年の三十六歌撰に登場する歌人たちは、この御歌所に奉仕した専門歌人（三条西季知、福羽美静、八田知紀、高崎正風ほか）および民間の有名歌人たちだが、その多くは、古今集の流れを汲む香川景樹の桂園派であった。その点をめぐる窪田空穂の次の指摘は鋭い。

八田知紀、高崎正風、税所敦子などは、島津家の家臣であつて、間接ながらその庇護を受けてゐたものである。又、近藤芳樹は、毛利家の庇護を受けてゐた。即ち薩長関係の歌人が宮中に勢力を持ちえた形となつてゐる。これは香川景樹が、江戸方面に勢力を伸ばしえず、余儀なく西南に扶植をしてゐたのが、維新の政変の結果、偶然にも、その流派の者が宮中に勢力を持ちえたのである。

この、宮中の歌人と政治上の勢力との関係は、おのづから宮中以外の、即ち民間の歌人の存在を暗示し、同時に民間の歌人の、宮中の歌人に対する気分を暗示するものである。

もし、たとえば賀茂真淵、あるいは、全く荒唐無稽の空想に属するが、橘曙覧の歌風が、景樹のそれの代りに薩長方面に根をおろしていたならば、と考えてみると面白い。たぶん、子規による和歌革新の試みは、あれほどの衝撃的効果は持ちえなかったであろう。打倒すべき敵は、できるだけこちらと異質であることが望ましい。ひるがえって、曙覧のあのよく知られた「独楽吟」五十二首の、

たのしみは紙をひろげてとる筆の思ひの外に能くかけし時
たのしみは百日ひねれど成らぬ歌のふとおもしろく出できぬる時
たのしみは物をかゝせて善き価惜みげもなく人のくれし時
たのしみは心にうかぶはかなごと思ひつゞけて煙草すふとき
たのしみはあき米櫃に米いでき今一月はよしといふとき
たのしみはまれに魚煮て児等皆がうましうましといひて食ふ時
たのしみはそゞろ読みゆく書の中に我とひとしき人をみし時

等々の、日常瞬時に過ぎ去る心の微旨のうちに、それぞれの瞬間における生命の充溢感を言葉に定着した清新な歌、また同じ歌人の「戯れに」と題する、私個人にとっては特別になつかしい四首の歌、

吾が歌をよろこび涙こぼすらむ鬼のなく声する夜の窓
燈火のもとに夜な〳〵来れ鬼我がひめ歌の限りきかせむ

人臭き人に聞かする歌ならず鬼の夜更けて来ばつげもせむ

凡人の耳にはいらじ天地のこゝろを妙に洩らすわがうた

のような、孤独者の詩的昂揚にふさわしい形象を定着した浪曼的な歌は、何といっても草深い田舎に埋れていて、歳月を経たのち、発見の喜びとともに新たな陽の目を見るべきものだったろうと感じられるのである。「戯れに」四首を私がなつかしいというのは、敗戦直後の中学時代に、二、三の若い教師と私ら生徒数人で作った、私にとっては最初の同人雑誌であったものの題名「鬼の詞」が、これら四首に由来するものだったからである。

それはそれとして、右に引いた明治十年当時における代表歌人の歌を見るなら、子規が起した和歌革新の、焦らだちにみちた叫びの背景も理解されようというものである。三十六人ことごとくが題詠をよんでいるが、その点に関していえば、曙覧といわず、たとえば古く文化年間に出た上田秋成の歌集『藤簍冊子《つづらぶみ》』に数多くおさめられている題詠の歌などでさえ、ずっと近代印象派的鮮明さを持ち、清新な歌い口を持っていたのである。

つまり、俳句の方でいう「月並」の歌が、明治十年といわず、その後もさらに十数年間、ほとんど変ることなく続いていたのだ。歌人たちは文明開化がもたらした「開化新題」、つまり国旗、演説会、時計、牛乳、祝砲、華族独歩、俳優被レ愛二貴族一、自転車、神葬、耶蘇教会、郵便端書、汽車、汽船、人力車、男女同車等々の、整理してすべてで百七十七題を数える新時代の景物を、性こりもなく相変らずの題詠スタイルで詠みつづけ、『開化新題歌集』全三巻を編んだりした。

蒸気船　　　　　　　　　　　　八田知紀

竜《たつ》の馬に翅《つばさ》を添へて行くばかり足とき船もある世なりけり

「驚異はあつても、これを歌に詠む場合には、常識化し、古典化し、又説明的にするというのは、伝統的の題詠の詠み方である。題は新題ではあるが、詠み方は従来の伝統的のものに過ぎない」という空穂の評は、この種の歌についての簡潔な批評的要約となっている。

子規はのちに、彼自身の主張する「新俳句」と「月並俳句」との区別を「俳句問答」(明治二十九年)で五カ条にわけて説明した。

第一に、「我は直接に感情に訴へんと欲し、彼は往々知識に訴へんと欲す。」

第二に、「我は意匠の陳腐なるを嫌へども、彼は意匠の陳腐を嫌ふこと我よりも少し、寧《むし》ろ彼は陳腐を好み新奇を嫌ふ傾向あり。」

第三に、「我は言語の懈弛《かいし》を嫌ひ、彼は言語の懈弛を嫌ふ事我よりも少し、寧ろ彼は懈弛を好み緊密を嫌ふ傾向あり。」

第四に、「我は音調の調和する限りに於て雅語、俗語、漢語、洋語を嫌はず、彼は洋語を排斥し、漢語は自己が用ゐなれたる狭き範囲を出づべからずとし、雅語も多くは用ゐず。」

第五に、「我に俳諧の系統無く又流派無し、彼は俳諧の系統と流派とを有し、且つ之あるが為に特殊の光栄ありと自信せるが如し、従つて其派の開祖及び其伝統を受けたる人には特別の尊敬を表し、且つ其人等の著作を無比の価値あるものとす。我はある俳人を尊敬することあれども、そは其著作の佳なるが為なり。されども尊敬を表する俳人の著作といへども、佳なる者と佳ならざる者とあり。正当に言へば我は其人を尊敬せずして其著作を尊敬するなり。故に我は多くの反対せる流派に於て、佳句を認め又悪句を認む。――以上五箇条の区別は大体を尽せりと信ず。」

これは、単に俳句に関してのみならず、子規の和歌革新運動を支えていた認識そのものでもあった。彼が「月並俳句」において排斥した第一から第四までの条項は、ほとんどそのまま、たとえば古今集に対する彼の拒否の理由でもあった。その限りで、彼は俳句、和歌の詩形の別にこまごまとした区別を感じず、区別を超えて問題としうるものをまず大づかみにつかみ、大上段に振りかぶった刃先で、伝統詩の世界全体に一気に切りつけたということができるし、またそこにこそ、彼の生きた明治中期の時代的特質もあらわれていた。右の第五条についていえば、ここにこそ彼が貫之を罵倒した主な理由が端的に語られているということができる。将を射ようとするならまず馬を、ではなく、群馬を蹴散らすためにはまず将を、というのが子規の直覚的にとった戦術であり、それはみごとに成功した。群馬が、さきにいくつかの月並みで陳腐な例歌を引いたあれら明治の古今調歌人たちであり、またその数多くの亜流である以上、子規の一撃で、かれらが戦わずして旗を捲いたことは、当然の成行きであったろう。

この出来事での最大の被害者は、いってみれば貫之であった。そしてまた、古今集であった。「直接に感情に訴へん」とする新時代の性急な（しかし歴史的価値転換期という大いなる黒子のうしろ楯を得た）要求の前に、「往々知識に訴へん」とするように見える歌風が、昼間の月のようにしらじらしく映るようになったのは是非もないが、そのとき最もはげしく漂白されてしまったのが、貫之の権威であり、古今集の地位であった。

それは、ある意味では、口語自由詩の急激な擡頭に煽りを食らったようにして、栄光の頂点から急に後景に押しやられた形になった薄田泣菫や蒲原有明の詩の運命をも連想させる。

ディレクトネス（直接性）、ストレートネス（虚飾なき単純率直さ）を渇望した明治の浪曼的自然主義の、最も早いあらわれのひとつが、子規の革新にほかならなかったのだと、今は言うことができる。

ということは、逆の見方をすれば、子規の歯切れのいい、説得力に富んだ論も、その時代的刻印からついに逃れ得るものではないということでもあろう。したがって、私たちが今なお明治の子たる子規の貫之論をそのまま鵜呑みにして済ますならば、それは、子規の排した権威盲従主義にみずから陥っていることをも意味しかねまい。

貫之は、皇族、貴族の注文に応じて晴れがましい公の屛風絵に歌をつける業に長じていた。その全作品中ほぼ六割が屛風歌である。代作もかなりやっている。つまり、専門歌人である。その歌に、余情妖艶の、あるいは感情のおのずからなる流露の、私的抒情が乏しいのは、そういうことと深い関係があるだろう。子規の嫌った「理窟」めいた歌が多いのもそのためだ。公的な帝徳讃美、雅宴陪侍の花鳥諷詠詩を、彼はたくさん作らねばならなかった。それは万葉集以後久しく埋没し見捨てられていた和歌に、詩（漢詩）に代る公的な役割を回復させる上で指導的地位にあった貫之にとって、必然の成行きであり、彼はその任に耐えたのである。ここで考えるに値することは、一読して手弱女《たおやめ》ぶりと感じられるのが古今集全体のスタイルだし、貫之の歌もその例外ではないにもかかわらず、和歌が当時持ちつつあった公的な地位、役割という観点からすれば、私的抒情を抑え、雅宴に花鳥を詠じ、しばしば抽象的、思弁的、想像的な和歌の構築作業に熱中する作歌方法は、むしろ男性的な性質のものであったのではないかということである。貫之の歌をその時代に据えて眺める場合、手弱女ぶりとみえる日本語が、実は文芸としての和歌の公的独立をひとつのきっかけとして、雄々しく道を拓いていきつつあったものであることを忘れてはならない。

日本語の柔軟な可塑性を、形容詞、副詞、助動詞、助詞の細心な彫琢と駆使によって、いちじるしく増した功績の多くは、古今集に帰せられる。貫之はその方面での傑出した才能であった。のちに藤原定家が、「昔貫之歌心たくみにたけ及びがたく、言葉つよく、姿面白き様を好みて、余情妖艶の体を詠まず。それより此方其の流れを汲む輩ひとへに此姿におもむく。」(「近代秀歌」)と言い、「余情妖艶」を求めるみずからの立場を貫之に暗に対立させたことは、これらの事柄と関連させて眺めるとき、やはり意味ぶかい批評だと思われるのである。そういうことは、子規によって無視されていた。子規にとってはそれはまだ考慮の外にあることだったし、第一彼は音調さえととのえば、洋語でも雅語でも用いてかまわないと考えていた明治の人だったのである。

貫之はまた、古今集仮名序の作者として、和歌の発想論や心と詞に関するいわゆる花実兼備の論を展開し、日本詩歌史上最初の歌学者、詩論家として、決定的な影響を後世に及ぼした。仮名序で語られている詩論は、もちろんまだ素朴なものだが、そこには日本の詩歌発想の原型的なものが見られ、季節に関する言及に含まれる興味ぶかい問題をも含めて、私たちの考察をうながすものが少なくない。それに、意を尽し、平静に書き進められたようにみえるこの序文には、実は張りつめた思いがこめられていて、そのこともやはり顧みる必要があるのだ。張りつめた思いとは、いうまでもなく、「やまと」のうたを護りたてようとする理想主義の心にほかならない。

貫之はさらに、土左日記という、隅におけない観察眼と諧謔と自己批評をもち、歌に関する卓抜な批評家の眼が光っている虚構的日記文学の創始者である。また、のちに紹介するように、彼を伊勢物語（もちろん、勢語は後代の加筆を含むから、原伊勢物語ということになるが）の作者ないし最もありうべき作者と想定する説が、綿密な考証をもとに二、三の学者によってとなえられていて、もとより私には立ち入った議論をする資格は全く無いながら、これもまことに興味ある問題のように思われるのだ。貫之が土左日記のみならず伊勢物語の作者でもあったとするなら、貫之の全貌は、とりわけおびただしい屏風歌の作者としての貫之のフィクション構築の才能との関連において、従来のどちらかといえば面白味にとぼしい人物像とは、だいぶ違ったものを示しはじめはしないか。

これらのことを念頭におきつつ貫之の作品を見てゆこうとすれば、当然、子規によって一刀のもとに切り捨てられたままになっているといっていいこの平安朝宮廷歌人に、別の光をあてることもできないわけではないと思われる。幸い、今では容易く手にしうるテクストとして萩谷朴氏の校註になる事実上の貫之全集『新訂　土佐日記』（朝日新聞社版日本古典全書）があり、目崎徳衛氏の『紀貫之』（吉川弘文館発行人物叢書）のような史学者による綿密な貫之伝があって、基礎的な文献には事欠かない。私は安んじてそれらに従いつつ、時には妄想に類したことにも想いを走らすことができるだろう。

以下の章で引用する貫之の歌の番号は、たとえば「古今集四二」というように特定の歌集内での番号をしるしたもののほかは、検索の便を考え、すべて萩谷氏編貫之全歌集の頭書番号で統一した。ただし、歌の表記については、他本に拠った場合もあるので、朝日版古典全書本の表記と若干のちがいがあるものがある。いずれの表記をとるかについての判断は、その場その場での私自身の好みによったところが多いが、大半はいうまでもなく萩谷氏編の全歌集に拠っている。

二　人はいさ心も知らず

はつせにまうづるごとに、やどりける人の家に、ひさしくやどらで、程へて後にいたれりければ、かの家のあるじ、かくさだかになんやどりはあると、いひいだして侍りければ、そこにたてりける梅の花をりてよめる

人はいさ心も知らずふるさとは花ぞむかしの香ににほひける　（古今集四二）

小倉百人一首にも入っている貫之のよく知られた歌である。初瀬《はせ》、すなわち大和の長谷寺の十一面観音は、平安時代、尊崇を集め、京都からも人々ははるばる参詣した。貫之がたびたび詣でたことは、歌の詞書からもうかがわれるが、常の宿りとしていた家のあるじの「この家は昔に変らずちゃんとありますのに」と貫之の疎遠を責める挨拶に対して、折から花を咲かせている梅の枝を折って——それが当時の消息の普通の贈り方だった——内

容も梅にからませた歌をつけて答えたものである。昔ながらに薫って私を迎えてくれた花に較べて、あなたこそ、昔とはもう気持が変ってしまったのではないのか、というほどの意味にとれる歌で、形としては、あるじの皮肉に対して、皮肉のしっぺい返しをしたような体裁のものである。もっとも、こんな口をきける相手であったということは、従来よほど貫之と親しい間柄にあった人物と考えるべきだし、さらにそれは、男であるよりはむしろ女ではないかと想像される。少なくとも、詞書なしにこの歌を独立させて口誦《くちずさ》むとき、歌そのものの伝えてくる情緒はむしろ女に対する恋のうらみごとのそれであろう。百人一首の撰者もそういう点にむしろこの歌の面白味を認めたのではなかろうか。女の心変りを怨ずる心の一種の艶がここにはあって、古今集の中で詞書とともにこれを読む人は別として、古来百人一首で遊んできた無数の日本人のうち、少なからぬ人々は、この歌からそこはかとない恋のうらみごとの情緒をこそ感じとってきたのではないか。

　それというのも、通常の解釈のように、この歌を、宿のあるじの「嫌味」に対する、貫之の機智をまじえた意地の悪いしっぺい返しという風にとるのは、情景そのものからしてもあまりに味気なく、また不自然だからで、かりにこれを、久しぶりに再会した喜びの、手のこんだ、ややあくの強い表現として見ても、なお「嫌味」というような角度からこれを解釈するのは、何か胸につかえる感じがあるのだ。

「人はいさ心も知らず」の歌をこのように読むについては、同じ古今集恋二に

大和に侍りける人に遣しける

越えぬまは吉野の山の桜ばな人づてにのみ聞き渡るかな　（古今集五八八）

があることも、そのような空想をうながすものとしてあげておかねばなるまい。この歌は、詞書を除いて読めば純然たる吉野の桜への憧れとして読める。ちなみに、金子元臣の『古今和歌集評釈』は、吉野の桜という歌枕を和歌の中ではじめて詠んだのは、この歌がそもそもの始めであろうといっており、日本の四季を整然と景物によって細分し、現在にまで及ぶ日本的季節感の美的形象化の基礎、規範をきずいたものとしての古今集、とりわけ貫之を筆頭とする撰者たちのはたした重大な役割を思うにつけても、こういうさもないような歌の案外な面白さを知らされるのだが、それはそれとして、詞書を読めば明らかな通り、これは桜に托して、久しく逢えずにいる大和の女に恋情を伝えようとした歌にほかならない。「越えぬまは」とあるのはもちろん「山」とのかかりで用いられている語だが、通常の恋の贈歌としてみれば、まだ一度も情交を結び得ていない女を相手にした言葉と読める。けれども、詞書の「大和に侍りける人」という言い方は、むしろ過去にすでに関係をもっ

た女を指す言い方とみるべきであろう。「越えぬま」とは、したがって、この場合には、山を越えて大和まで旅をする機会の少ないことへの嘆きをこめて、「そっちへ行けない間は」と言ったものととるべきだろう。貫之には、いずれにしても、大和に思う女がいたことは明らかである。いつごろ、といってもそれは分らぬ。「かくさだかになんやどりはあるといひいだして侍り」ける人と、この女人とが同一人であるかどうかも、もとより言うことはできぬ。しかし、今引いた「人はいさ心も知らず」の歌の詞書に「いひいだして」とあるのにさえ、男の疎遠をうらんで責める女の口調を聞こうと思えば聞けると思われるのである。

私はこれら二首の歌にあらわれる人物を、同じ一人の女と空想して楽しむ。古今集のようにまことに整然と四季の順を追って分類され、自然と人間との二つの相が分かちがたくないまぜられながら、全体としてある渾然一体の耽美的世界を形づくっている集を読む場合には、この渾然一体を逆にばらばらにしてみることはなかなか面白いことであって、実をいえば古今集に続いて約四十年後に編まれた後撰集の、古来多くの人がくさしてきた「しどけなさ」、つまり玉石混淆ぶり、「後撰集は未だよくも撰《え》り整へられざりしままにてや伝はり来ぬらん。歌の善き悪しき判別《わいだめ》無く集められたり」（本居宣長「後撰集詞《ことば》の束《つか》ね緒」）と評される「濫《みだ》り」な性格は、存外、古今集の「かい揃ひたる集」（藤原為家「後撰聞書注」）ぶりに対する、次代の反動ではなかったかとさえ思われるほどなのだ。後撰集のそういう性格が、私にはむしろ好ましく思われる点が多く、当面の対象である貫之に関しても、後撰集に見える彼の歌ならびにその詞書は、格別興味ぶかいものの一つである。後撰の撰者、いわゆる梨壺の五人の中には、貫之の息子紀時文も加わっているのだから、そこに収められた貫之の歌については、特に注目してよい理由があろう。とりわけ恋の歌において。

だいたい、貫之の歌に関しては、右のような解釈拡大はかなりの程度まで許され、また必要でもあろうと思われるのだ。それは、貫之が当代随一の屏風歌作者、つまり、虚構を日常茶飯とするジャンルの名匠であったという一事からも言いうることである。日本古典全書版『土佐日記』の「貫之全歌集」で萩谷朴氏が整理した歌数でいえば、貫之の全歌数一千六百六十四首中、実に五百三十九首が屏風歌である。正確を期していうなら、屏風歌として明らかに類別されているこれら五百三十九首は、すべて「貫之全歌集」中の「他撰本貫之集」八百六十四首の中に含まれており、範囲をこの「他撰本貫之集」（萩谷氏はこれを歌仙家集版本を底本とし、西本願寺本によって適宜補訂している）に限って屏風歌の割合をみるなら、それは家集の六割強に及ぶことになる。「貫之全歌集」は、この「他撰本貫之集」を主体とし、これに、土左日記、大堰河行幸和歌、寛平御時后宮歌合、是貞親王家歌合、寛平御時中宮歌合、宇多院物名合、昌泰元年亭子院《ていじのいん》女郎花合、延喜五年四月廿八日平貞文家歌合、延喜十三年三月十三日亭子院歌合、延喜十三年十月十三日内裏菊合、古今集、後撰集、拾遺集、新古今集、続後撰集、続古今集、玉葉集、新拾遺集、新後拾遺集、紀師匠曲水宴和歌、為氏本貫之集から、それぞれ一首ないし数十首、他撰本に含まれていない貫之作の歌計二百首を博捜して収める。(註)この二百首の中には、歌の質からしても、有名さからしても興味ぶかいものが少なからず含まれており、それらが貫之歿後の編纂になる流布本の家集になぜ含まれなかったのかに対する、一種怪訝の念をともなった興味をかきたてるのだが、さしあたって今ここで言いうることは、これら二百首の中にも、また、貫之集で屏風歌として分類されている歌以外の歌、すなわち恋、賀、別、哀傷、雑の各部の中にも、制作モチーフに虚構的性格を多かれ少なかれ含む点で屏風歌と相通ずる歌群、すなわち召し歌や代作歌、また、歌物語的モチーフの潜在を暗示する歌が多く含まれているという事実であって、そこに注目する限り、多くの貫之の歌は、「人はいさ心も知らず」の歌を恋の歌と読みうるのと同様な、二重の解釈、しかも歌のうたわれた情況を別のものに置きかえる形での二重の解釈を許すものとみえてくるのである。

あるじ身まかりにける人の家の梅の花をみてよめる

色も香もむかしの濃さににほへども植ゑけむ人の影ぞ恋しき　（古今集八五一）

古今集巻十六哀傷歌の部に入っている歌だが、これを巻一春歌の部に入れられている「人はいさ心も知らず」の歌と結びつけてみることも、できないことではないだろう。色も香も濃く匂う、という以上、ここでの梅は紅梅であるはずだが、その紅梅を眺めつつ、「植ゑけむ人」なる故人を憶う男のまなざしは、紅梅のように若々しくあでやかだった女の幻をも同時に見ているはずである。二人は歳月とともに、いつ知らず疎遠になっていた仲なのだ。けれども時には、さすがになつかしく、梅の盛りのころ、男が女を訪ねるようなこともあった。女が「かくさだかになんやどりはある」と怨じてみせれば、男は男で、さあ、どうだろう、梅の花は昔も今も変らずに匂っているが、心変りしてしまったのはあなたの方ではないのか、とやり返す。そんな日もあって、さらに歳月は流れ、女は世を去った。折から、女の庭には、紅梅が色も香も濃く匂って咲いている。それを見つめていると、「植ゑけむ人」の面影が、悔いのような翳りをおびて男の脳裡に流れるのだ。

私は今、いささか強引に、貫之の二首の歌を結びつけてみた。もとより何の具体的根拠もない。一方は古今集で春の歌とされ、他方は哀傷の歌とされているものだし、なかんずく、「人はいさ」は、詞書にもある通り、初瀬詣でという旅先の詠とされていて、「色も香も」の歌とは全く別次元のものと考えるのが本筋というものであろう。

けれども、古今集を読めば明らかな通り、そこでは四季をうたった歌が実は人事、主として恋を寓意し、人事をうたった歌は実は四季の花鳥の歌に移しうる、という例が枚挙にいとまなく見られるのである。

その結果どういうことになるかといえば、歌というものを物語化しうるものとして、また物語の観点から、眺めるという習性が必ずや生じたはずなのだ。私が右に試みたこともそれにならったものにすぎない。歌というものを、それが実際にうたわれた具体的情況から引き離し、別の想像的世界の構成要素として生かすとき、そこにはやがて伊勢物語的な歌物語の世界が生れるだろう。少なくとも、貫之の歌のある種の詞書は、ほんの少しの細工を加えれば、たちまち勢語風の短い章段を形づくりうるものとなるのである。

宮仕へする女の逢ひがたかりけるに

手向《たむ》けせぬ別れする身のわびしきは人目を旅と思ふなりけり　（五五八）

手向けせぬ別れ、ということは、道中の安全を祈って道の神に幣を捧げるほどのことを要しない別れ、つまり、大して遠方に離れるというわけではない別れということである。

思う女は、近くにいるのである。けれども人目をはばかって逢うことができないのだ。だから、実際に長い旅に出ているわけではないが、人目というやつが、言ってみれば自分にとっての旅にほかならず、そのおかげで愛する女に逢うこともできないというのである。上句の奇抜さ、下句の人目を旅に擬する比喩の思いつきがこの歌の見どころで、機智の歌にはちがいない。けれども、一首妙に切実な実感がこもってきこえるのは、「宮仕へする女の逢ひがたかりけるに」という詞書によって、二人の置かれた具体的な情況が想像できるからであろう。この詞書がない場合、歌はかなり不安定なものになることは否定できない。歌仙家集本貫之集にはこの詞書がなく、西本願寺本にのみあるということは、あるいは当初詞書のなかったものに、後人がつけ加えたのではないかという想像を誘う。そういう眼で眺めなおしてみれば、「宮仕へ」ということを女に逢いがたい条件としていることも、なにか物語化の底意のようなものを感じさせないでもない。

仮にこの詞書を「昔、男ありけり。宮仕へする女の逢ひがたかりけるに」としただけで、歌はある種の物語的ひろがりをもちはじめるだろう。貫之の歌には、一人称の世界よりは三人称の世界に置いた方が面白味を増すと人に思わせるものがかなりあるということである。

そう言いうる根拠は、さきの「人はいさ心も知らず」の歌の諸本での扱われ方のうちにも見出される。それを見るには、自筆本の貫之集について先学の説くところをまず見なければならない。萩谷朴氏は、生前に一巻もしくは三巻の自撰歌集があったということが古文献で知られている貫之の「自撰本貫之集」について、次のような点を明らかにされている。

従来これこそ貫之自撰の歌集だといわれてきたような諸伝本が、実際には貫之歿後に編まれた他撰本系統の本文しか有さないものばかりである中に、「一つの注目に値する古筆切の一群がある。それはすでに周知のものであるが、行成筆と伝へられる貫之集の断簡である。現在の調査によつて知られる限りの十三葉三十二首に及ぶ本文は、……他の歌仙家集本系統の他撰本貫之集の本文とは、その和歌の順序にも、詞書にも甚だしい相違があつて、到底同一系統中の一異本とは見られないし、そのうへ僅か三十二首の中に、他撰本貫之集に見られない歌を十六首も有してゐるのである。しかも、その十六首の中八首は古今集に、他の八首は後撰集にそれぞれ貫之の歌として載せられてゐる……のであるから、決してこの本が貫之集以外の撰歌集の伝本であるとは考へられない。即ち、この本は他撰本貫之集とは全然別系統に立つた貫之集の伝本であると考へねばならないのである。さうしたとき、これこそは自撰本貫之集ではあるまいかとの疑ひが当然起つて来るわけである。」

萩谷氏の論証の、さらに詳細な点は省略して、この貫之自撰本と推定されるものの本文と、歿後だいぶたって編まれた他撰本の本文とをここで読みくらべてみよう。最初に言ってしまうが、自撰本貫之集の現存断簡三十二首全体を通じて、主観性、とりわけ「わびし」という感情を基調にした率直な詠歎が、他撰本を通読したときに受けるよりもずっと強い度合いで迫ってくるのは注目すべきことである。もちろん、わずか三十二首しか現在見出されない断簡から全体を推すことは許されないが、しかし、三十二首中十六首、つまり半数までが、他撰本貫之集八百六十四首の中には見出されず、代りに古今、後撰、古今和歌六帖という、貫之の同時代ないし直後の時代の集に見出されるという点からみても、このあり得た自撰歌集の全容は、他撰本貫之集として今日私たちが読むことのできる彼の流布本家集の内容とは、かなり質のちがったものであったかもしれないと想像することが可能である。そして私は、その場合の質というものを、他撰本貫之集によって印象づけられやすい技巧家的貫之像よりは、もっと率直で直情的な感情の表白を好んだ歌人としての貫之像のうちに見定めうるだろうと想像する。自撰本にみられる貫之は、いわば暗い衝迫をもち、そして情熱的である。そういう印象を与える歌が、まるで意識してであるように並んでいるのは、偶然とは思えぬほどだ。それらの歌についてはまもなく見ることになろうが、自撰本貫之集がもし完全な形で残っていたなら、そこでの作品撰択の仕方は、たぶんきわめて興味ある問題を提出するにちがいない。残念なことである。当面「人はいさ心も知らず」の歌をめぐる話題に帰るなら、自撰本貫之集におけるこの歌の詞書は次の通りである。

泊瀬《はつせ》にまうづるたびごとに宿る人の家に久しく宿らで、ほどへて到れれば、主《あるじ》、「かくさだかになむ宿りはある」といひ出だしたれば、そこにたてる梅《むめ》の花を折りて

これは、大筋において古今集の詞書とほとんど一致しているといえる。では、他撰本（歌仙家集本）の詞書はどうか。

昔、泊瀬に詣づとて、やどりしたりし人の、久しうよらで行きたりければ、たまさかになむ人の家はあると云ひ出だしたりしかば、そこなりし梅の花を折りているとて（傍点大岡）

傍点をつけた部分に特徴的に現れている変化は興味がある。「昔」と時を過去に移しておぼめかすのは、物語化の基本原理をふんでいる。そのことは、「宮仕へする女の逢ひがたかりけるに」という詞書にちょっと細工を加えてたしかめたばかりだ。ここでも「昔」の一語によって、歌は物語に変容しつつあるのだ。しかも、古今にも自撰本にもなかったのに、「人はいさ」の歌に対する、相手の「返し」がここには記載されている。「花だにもおなじ香ながら咲くものを植ゑたる人の心知らなむ」。贈歌にもたれかかっただけの平凡な返しである。この返しは、あるいは他撰本の出来あがってゆく過程で、「人はいさ」の

歌に含まれる物語的要素に興味をいだいたその編者が、みずから作ってくっつけたと考えられないこともない。

つまりこんな風な変改が、歿後しばらくするともう歌に加えられうる要素が、貫之の作品にはもともとあったのだと私は言いたい。たとえ貫之自身の実際の体験にもとづいた歌であっても、彼の歌の、機智的で屈折の多い、比喩に新味、斬新さを盛ろうと苦心しているところ、つまり「正述心緒」ではなく、むしろ「寄㆑物陳㆑思」の寄物という点で新味をさぐろうとしている性格は、歌というものを、一途の求心的抒情から、多面的に情緒を屈折反照させて物にむかおうとする一種遠心的構成の方向へとむかわせたにちがいないと思われる。したがってそれは、「昔、男ありけり」風の背景の中に置くと、かえって生ま生ましい感動をよび起すという逆説的な性質をも帯びることになる。他撰本の編者が右に見たように詞書を変改したという例がぴったりそれに当てはまるとは言えないかもしれないが、少なくとも、貫之の歌が、人にそのような細工を加えてみることをそそのかす性質を秘めていることとの、一例とはなるだろう。

実際、たとえば伊勢物語十六段は、「人はいさ心も知らず」の歌をめぐる情況とよく似た情況から生れた歌の贈答という形で構成されているのである。

年頃おとづれざりける人の、桜の盛りに見に来たりければ、主人《あるじ》、

あだなりと名にこそ立てれ桜花年に稀れなる人も待ちけり

かへし

今日来ずは明日は雪とぞ降りなまし消えずはありとも花と見ましや

ここでの「主人《あるじ》」は、もちろん女である。男が年頃訪れなくなったのは、女が浮気をしているらしいことを知ったからだが、女はその男が、それでも桜の満開の時節、さすがに女の家の前を素通りできずに立ち寄ったのを迎えて、散りやすい桜の花（浮気女）と評判をたてられている自分にも、稀れにしかやって来ない不実な男をこうして待って散らずにいる誠はあるのだと、巧みに弁解し、かつ誘うのである。けれども男は、どうせ明日には雪のようにあなたの花は散っていることだろう、所詮私の花ではないのだ、と返している。

貫之の初瀬詣での際の歌と、その物語性においてはほとんど同質のやりとりがここにはある。ついでに言えば、右の伊勢十六段の歌は二首とも古今集春上に出ているが、贈歌は「よみ人知らず」のもの、答歌は「業平朝臣」のものであって、無関係に作られた二つの歌を、ひとつの物語の場に結びつけたところに、勢語の作者の手腕があった。

そして、くりかえしていえば、当面の対象である貫之という人の歌にも、こういう虚構性、物語性に馴染みやすい性質が多分にひそんでいるのである。

しかし、だからといって、貫之の歌が切実にうち震える心琴の響きに欠け、作りもの、まがいものの味気なさを味わせるものにちがいないと性急に思いこむことはまちがいだ。
さきにいささか触れたので、自撰本貫之集の歌をまず拾いながら、貫之の歌に流れている情緒の質を洗い出しつつ、彼の世界に入ってゆこう。

誰が秋にあらぬものゆゑ女郎花《をみなへし》など色にいでてまだき移ろふ　（九三六）

この歌は古今集（二三二）、古今和歌六帖（国歌大観三五二三）にはあって他撰本の貫之集にはない。古今では第四句が「なぞ色にいでて」となっているが、それは問題にするにも足りない。興味深いのは、古今集と自撰本貫之集とのあいだにみられる詞書の上での相違である。古今集では右の歌は「朱雀院の女郎花合に、よみて奉りける」として出ている。左のおほいまうち君（藤原時平）、藤原定方朝臣、凡河内躬恒、壬生忠岑の同じ催しにおける作歌も古今集に録されているが、この、通常亭子院《ていじのいん》女郎花合として知られる（朱雀院は当時上皇の御所となっていたところで、亭子院ともいったのである）歌合は、宇多天皇が醍醐天皇に譲位の翌年（昌泰元年、西暦八九八年）の秋の催しとされる。貫之の生年を貞観十四年（八七二）ころとするなら、この時彼は二十七歳前後の、前途有望の新進歌人である。古今集撰進の勅命が貫之らに下るのは、七年後の延喜五年（九〇五）四月十八日のことだ。

女郎花は、その名からして、当時の人々にただちに女を連想させた。古今集をはじめとするさまざまの集に出てくる多くの女郎花の歌は、つねにその含意をもってうたわれている。貫之の右の歌ももちろんそれで、「誰が秋にあらぬものゆゑ」の「秋」はまた「飽き」であり、秋も比較的早いうちに衰えてしまう女郎花の移ろいを嘆くと同時に、だれに飽きられたというでもない若い身空なのに、はやくも（恋に見放されて？）衰えてゆく女の移ろいを嘆く心をこめた歌ということになるようだ。なるようだ、というのは、この歌、表向きの意味をとって女郎花の早い衰えを嘆いたものとするのはごく自然だが、隠されたもう一つの、実はそちらの方がむしろ古今集時代の歌として本筋といわねばならない、女に関するほのめかしの意味の方は、私にはどうも坐りがよくないように感じられてならないからである。一首の歌が、表側と裏側とに二重の意味をもち、しかも表は裏に、裏は表に不可分に融合し、いわば対位法的な効果をもって読む者に訴えてくるというのが、この種の歌の理想である。貫之が尊崇されたのも、この面での彼の手腕がおおむね的確堅実で、歌の重層的な内容が、いかにも無理なくこちらの胸に表裏一体になっておさまってくる歌をたくさん作ったからでもあっただろう。そういう点からすると、この歌は、女に関する含意の面で、何かしら言い足りない感じがある。それはたぶん、「など色にいでてまだき移ろふ」という下句が、妙に突っかかるような、せきこんだ物言いになっているからだ。

どこかからかい気味で、嘲笑的な気配さえある。「色にいでてまだき」がそういう感じをもたらす原因らしい。だれに飽きられたというでもないのに、女よ、なんでそんなにありありと、目に見えて容色衰えてゆくのかね。

ここには、「花の色は移りにけりな徒にわが身世にふるながめせし間に」とうたった小町の、思い侘びる心のリズムをそのまま言葉にのせた詠歎はない。両者を並べてみれば、いやおうなしに、男と女の、「移ろい」に対する感情移入の度合いの差が感じられるというようなものである。

そんなわけで、私は貫之のこの歌を古今集で読んだとき、ひと通りの関心を寄せただけで通り過ぎたのだった。ところが、自撰本貫之集に同じ歌を見出したとき、私ははたと立ちどまったのである。それは、そこにしるされている詞書のゆえだった。この歌の詞書は、こちらではこうなっている。「かならずありぬべきことをさわがしう思ふ人に」。古今集の詞書との、なんという相違だろう。これはどういうことなのか。

もちろん、諸伝本のあいだで、詞書や歌に多少の相違のあることは当り前である。しかし、古今集の「朱雀院の女郎花合に、よみて奉りける」とこれとでは、多少の相違なんてものではない、本質的な相違があるといわねばならない。詞書が歌の重要な要素であるということは、古今集に関しての常識だが、こういう事例に出会うと、むしろ決定的ともいうべきことに思われてくる。

しかし、「かならずありぬべきこと」とは何だろう。大体、当時の歌の詞書は、古今集における業平の歌のそれを除くなら、きわめて簡潔であり、かつ曖昧さをもたないのが鉄則のようなものである。しかし、この詞書は、曖昧である。異例といえる。かならずありぬべきことといえば、死のことか。しかしそれでは、歌の内容とそぐわない。愛人との離別か。これはありうる想定であろう。私はこの想定をとる。だが、それにしても、「さわがしう思ふ人に」というのは異様といえば異様である。この詞書の調子は、中古の人のものというよりは、むしろ近代人のものである。私的で、秘密めいている。近代の歌人の歌集になら、こういう詞書はあっておかしくないし、事実しばしば見出される種類のものだ。実は、こういう性格が見られるという点で、この伝行成筆の断簡は、たしかに貫之の「自撰」歌集の一部分であろうと信じられもするということを言っておきたい。それはそれとして、さわがしう思う人とは、だれのことだろう。それが女であることは、歌から見てまず疑いのないところである。すると、貫之の妻なる人か。貫之の正妻が明らかにそれとして彼の歌に登場するのは、土左日記は別として、後撰集の「波にのみ濡れつるものを吹く風のたよりうれしき蜑《あま》の釣舟」（後撰集三三五）のやや長文の詞書の中でだが、そこでは、貫之が台所へ去った妻の隙をみて、たまたま家を訪れたかねて思いを懸けている別の女に、急いでこの歌を贈ったということになっているのである。貫之も当時の人並には色好みであったのだが、妻なる人のイメジは、こういうエピソードから知られる限り、「誰が秋にあらぬものゆゑ」の歌とはどうもしっくり合わない。

それならば、情人か。しかし、「かならずありぬべきこと」を二人の別れのことと考えると、現在恋愛関係を結んでいる男（貫之自身）が、早くも別離のことを「かならず」やってくるものとあらかじめ決めてかかっており、女も同じように考えているていの詞書であるのは、あまりにも冷やかすぎ、ぶっきらぼうすぎて、やはりこの歌にはそぐわないように思われる。

私にはどうやらこれは、貫之の親しい、しかし恋愛関係などにはない、比較的若い女のことのように思われる。その女は、あるいは生れてはじめての恋をしているのかもしれない。相手は、たぶんしかるべき身分の、何人も愛人がいそうな男であり、そういう男の常として、女から見れば移り気としか言いようのない、それゆえに気にかかって仕方のない魅力的な男なのだ。彼女は貫之に、必ずや私は捨てられるだろう、そうなるにきまっている、と訴える。「かならずありぬべきことをさわがしう思ふ人に」の意味を、私はそんな風に想像してみる。そのように見るなら、「誰が秋にあらぬものゆゑ女郎花など色にいでてまだき移ろふ」の歌の含意は、よほどはっきりしてくるだろう。もっとも、こういうせんさくは、歌のもつある種の後光、余情を情容赦もなく吹き払ってしまうので、一般的にいえばあまり好ましいことではないかもしれぬ。しかし今の場合私には、貫之という人間の処世の態度、心的傾向の常数を浮き彫りしてみたいという目標があるので、しばらくこれにかかずらわってみたいのである。

私の想像したような背景をこの歌が持っていたとするなら、歌の内容は当然、若い娘の焦らだちを、分別を知った中年男が慰め、「あんまり苦にして焦れてばかりいると、早々と色香が衰えることにもなるよ」と暗にたしなめ、水をかけたものということになろう。

女郎花合という晴れがましい公式の場に提出されたときの、曖昧だが、それなりに花の色香の余映が人間の方にまで及んでいるていであった歌の姿は、こちらではもっぱら人間的な色合いを濃くし、理詰めに落着いた按配だが、しかしこちらの方の詞書は、こういう解釈を自然に誘い出すものであるといわねばなるまい。

では、なぜ、自撰集ではこんな風に変ったのか、ということを考える前に、右の私の空想、つまり、相手は貫之の身近の娘ではないかという想定が、決して場当りのものとばかりはいえないだろうと思われる根拠を、後撰集にある別の歌によってあげておきたい。

親族《しぞく》に侍りける女の、男に名立ちて、かかる事なんある、

人に云ひさばけと云ひ侍りければ

かざすとも立ちと立ちにしなき名にはことなし草もかひやなからむ　（後撰集一二二一）

身寄りの女の一人が、男との浮名をたてられたのである。けれども（歌で明らかなように）実際には男との間に関係はない（と彼女はいうのである）。そして、貫之小父に、何とか世間にそんな関係ではないこと、噂にすぎないむねを言いさばいてくれと頼んできたのである。それに対する貫之の答がこの歌だが、なかなか味がある歌だ。事無し草（忍ぶ草の異名というが、ここでは、そんな事実は無いということに掛けての言葉である）を翳《かざ》してみても甲斐はなかろうよ、いったん立ってしまった浮名というやつは、もみ消そうたって簡単に消えるものじゃないさ、というのである。

面白がって、冷やかし気味に、そしておそらくは幾分かの好奇心も混っての答であると感じられる。また、お前が騒ぎたてるほど、世間じゃ問題になどしていないさ、という気分も感じられる。

このあたりの貫之は、私には「かならずありぬべきことをさわがしう思ふ人に」あのような歌を贈った貫之と、ぴったり重なり合うのだ。色恋沙汰にうつつを抜かす華やかさは貫之にはあまりない。紀氏という往年の名家に生れながら、藤原氏の専権のもとに圧服させられて、たえず猟官運動につとめねばならない卑官の身をかこっている貫之だから、その面での感情的な陰翳もあったかもしれない。しかし、それよりも、もって生れた性格として、貫之はロマンティックな陶酔よりは、醒めた観察において特色を発揮するところが多かったように思われる。

ところで、自撰本の「誰が秋に」の歌の詞書をめぐる謎にかえれば、私はこんなことを空想してみる。

第一の空想。貫之は「誰が秋に」の歌を、自撰本の詞書にあるような事情で作って持っていた。たまたま、宇多上皇の召しによって亭子院の歌合が催され、女郎花の歌を競うことになった。貫之はこれに、すでに作って持っていた私的なモチーフによる歌を提出した。女と花とが重ね合せのものとして理解される当時の習慣では、この歌は私的なものでありながら、同時に公式の席の題にも適う内容のものであり得た。

この空想は、しかしあまりにも荒唐無稽であろう。

第二の空想。貫之は今や中年に達している。親しい娘から、男に捨てられそうだという不安を訴えられる。ふと、かつて亭子院女郎花合に出した歌が、この娘に与えるにふさわしい歌であることを思いだし、彼女にこれを贈ってやる。あらためて眺めて見ると、中年の眼には、この歌は、歌合の歌としてよりは、こんな私的な心遣いの歌としての方が坐りよくも思われてくる。つまり、今の彼が感じている、人生の哀しい理《わり》なさといとおしさが、一層的確にあらわされているようにも思われてくる。そこで彼は、自撰集を編むにあたって、すでに古今集という勅撰の集に入っている歌であるにもかかわらず、あえて古今集のとは全くちがう詞書をそこに書きつけたのだ……

この空想も、要するに私の空想にとどまるだろう。けれども一人の詩人の内面で、ある歌が経験する位置や内容の変化というものは、無視できないことなのである。そういうことが頻繁に行われるのは近代の特質だろうという意見があるとすれば、それはたぶんまちがっている。古今集から新古今集までの時代に詩人たちが発見し育てていった虚構の世界では、ある歌を別の文脈にはめこんで、まったく別の世界のものに染めなおすということは、きわめて普通のことだった。さもなければ、本歌取りという、中古、中世詩歌の最も特徴的な技法も生れ得なかったであろう。

いずれにせよ、私は自撰本貫之集断簡にみられる貫之の心的傾向に興味を感じる。一部に欠落のある歌も含めて三十二首の断簡には、たとえば次のような歌がある。

身の上をよめる

霜枯れに見えこし梅は咲きにけり春にはわが身あはむとはすや　（八一五）
今日見れば鏡に雪ぞふりにける老いのしるべは雪にやあるらむ　（八一八）

君恋ふる涙しなくば唐衣胸のあたりは色燃えなまし　（五六八）

秋の果つる頃、蜩《ひぐらし》の声を聞きて

ひぐらしの声も暇《いと》なく聞ゆるは秋夕暮になればなりけり　（一〇二）

人の家に集まりて、酒飲み、遊びするに、桜の散るさかりにて、この花を題にて、人々の詠みしに

散るがうへに散りも紛《まが》ふか桜花かくてぞ去年《こぞ》の春も過ぎにし　（八〇〇）

この歌、桜のしきりに散るのを見つつ時の流れのすみやかなことを歎じているが、酒を飲み、遊び（この時代に遊ぶといえば、ふつう音楽の演奏を指したようだ）などするという歓楽の場で歌われた歌だけに、感が深い。下句の調子にも、強い詠歎がこもっていて、いい歌だ。引用を続ける。

年ごろ、文つかはす人の、つれなくのみあるに

白玉と見えし涙も年ふれば唐紅に移ろひにけり　（五五五）

いひかはす女のもとより、なほざりにいふぞなどいへるかへりごとに、

色ならばうつるばかりもそめてまし思ふ心をえやはしりける　（六〇九）

人のもとよりかへりはべりて、

あかつきのなからましかば白露のおきてわびしき別れせましや　（六七九）

人どもいふに夜のあくれば

いかでなほ人にも問はむあかつきの飽かぬわかれや何に似たると　（六七八）

この歌、詞書がやや文意不明だが、後撰集恋に載っているこの歌は、「題しらず」であり、初句は「いかでわれ」とあり、その方が恋の歌としては格段に強い。意味するところは単純で、後朝《きぬぎぬ》の飽かぬ別れを較べるものもないつらさと感じている男が、相手にむかって、あなたはどうか、較べる何かを思いつくことができるか（できるなら、あなたは私ほどにはこのつらさを痛く感じてはいないのだ）と問うている歌である。単純だが、貫之の作としては、率直で思いが端的に歌われている。余韻の強くひびく作である。秀作というべきであろう。

自撰貫之集の断簡からこのように書き抜いてくると、いやでも気づかされるのは、これらが（ここに引かなかった残りの歌も含めて）、すべて私的なモチーフに基づく歌であって、屏風歌のごとき公的、職業的な作が見られないという事実である。わずか三十二首の断簡によってものを言うことは、まったく理不尽であることは先刻承知の上で言うのだが、なぜあれほどにも全歌集中高い比率を占めてひしめいている屏風歌が、ここにはまるで含まれていないのだろうか、と訝ってみることは許されるだろう。全歌集の中での屏風歌の比率を適用すれば、これらの断簡の中にもそれが何首か混っていてもよさそうに思われる。それとも、偶然、自撰本の中の屏風歌ならざる一部分が、まとまって残存したのだろうか。しかし、それにしては、現在十数カ所に分れて所蔵されているこれら断簡の、歌の種類は一定してはいないのである。

私はここでも素人の空想をのべることになるが、貫之が一巻または三巻と伝えられる自撰集を編んだとき、彼は屏風歌のごとき公的な性質の歌には、厳選をもって臨んだのではないか。それに反して、私的モチーフの明らかな歌は、それぞれの制作契機を重んじ、いとおしんで、多くを残そうとしたのではないか。必ずしもいい歌とは思われない歌が、断簡の中に散見されるというのも、そういう編纂者自身の心の姿勢に関わりをもつことだったのではないか。

「誰が秋にあらぬものゆゑ女郎花など色にいでてまだき移ろふ」の歌の詞書が、見てきたような変り様を見せているのも、こういう観点からすると、やはり何らかの意味があるとしなければならないように思われる。

つまり、私がこのようにして想像する貫之という詩人は、当代随一の大家と仰がれ、盛時には注文制作に寧日なき有様だったかもしれないにしても、根は自尊心の強い、人間観察にすぐれた批評的眼光をもつ、醒めた人物だっただろうということである。機智と皮肉に富んだ頭脳の持主だったことは、数々の歌のみならず、何よりも土左日記がよく物語るが、そういう資質はまた、人生をいわばその大きさのままに眺めることにもなった。つまり、熱狂や絶望の度はずれな踏みはずしは、貫之にはない。代りに、古今集仮名序や土左日記のごとき散文において、貫之のこういう資質はみごとに花を開いたのである。

註　「貫之全歌集」中、「後撰集による補遺」の項に「たよりにもあらぬ思ひのあやしきは心を人につくるなりけり（一〇二六）」の一首がある。これは後撰集では貫之の作となっているが、古今集恋の部にすでに在原元方の作として出ている（四八〇）ものと同一の歌で、古今集の編者貫之が自作を元方作として収録したとは考えられないから、後撰集編者の思いちがいであろう。したがって、この歌を除外すれば、「貫之全歌集」の作品数は一〇六三首となるようである。

三　古今集的表現とは何か

私が貫之の歌をほんとの意味で読んだ最初といえるのは、土左日記一月十七日の記述に出てくる歌二首においてであった。日本古典全書版『土佐日記』によってその個所を引く。

十七日、くもれる雲なくなりて、あかつき月夜《づくよ》いともおもしろければ、舟を出だして漕ぎゆく。このあひだに、雲の上も海の底も、おなじごとくになむありける。むべも昔の男は、「棹は穿つ波の上の月を、船はおそふ海のうちの空を」とはいひけむ。聞きざれに聞けるなり。また、ある人のよめる歌、

水底《みなそこ》の月の上より漕ぐ舟の棹にさはるは桂なるらし

これを聞きて、ある人のまたよめる、

影見れば波の底なるひさかたの空漕ぎわたるわれぞわびしき

この部分は土左日記を通じての最も美しい描写の一つであると私は思うが、その理由の一斑は、「ある人」、つまり貫之自身の作ったこの二首の歌、とりわけ後者のうちにあるといえる。

「棹は穿つ波の上の月を」云々の詩句は、唐の詩人賈島のもので、「漁隠叢話」および「詩人玉屑」に記されているところによれば、「高麗《ノ》使過《ギテ》レ海《ヲ》有《リ》レ詩、云《ク》水島浮《ンデ》還《マタ》没《ス》、山雲断《レテ》復《マタ》連《ナル》。時《ニ》賈島詐《ツテ》為《リ》二梢人《ト》一、連《ネテ》二下句《ヲ》一云《フ》、棹《ハ》穿《ツ》波《ノ》底《ノ》月《ヲ》、船《ハ》圧《ス》水《ノ》中《ノ》天《ヲ》。麗使嘉歎《シ》久《シク》レ之《ヲ》、自《リ》レ此不二復《タ》言《ハ》レ詩《ヲ》」。「漁隠叢話」や「詩人玉屑」は後代の書だから、貫之はこの句を別の本によって知っていたのだろうが、高麗の使節の水島浮《ンデ》還《マタ》没《ス》云々の稚拙さと、これに賈島がつけた下句の鋭く粒立ったイメジの壮麗さとは、なるほど鮮やかに対照的であって、素人と玄人の技のちがいというものを物語る有名なエピソードとしてしばしば話題にもなっていたのだろう。元来中国の詩文の技巧に並々ならぬ関心と造詣をもっていたと考えられる貫之が、このエピソードを好んでいたであろうことは充分考えられる。古今一千首のうち十分の一は自作で占めさせ得たほどの、自他ともに許す専門歌人としての自負からしても、また古今撰進後に彼が長い歳月にわたって保ちつづけた当代第一等の歌人としての名声からしても、賈島のあざやかな手腕に対して、ある種の憧れと対抗意識を彼が抱いていたとしても不思議ではあるまい。

土左日記のこの一節は、そういう貫之が、慎重な配慮のもとに用意し、舌なめずりをしながら書きしるした一節であるように思われる。短い叙景ながら文章が冴えていることがそう私に感じさせる一因である。もちろん、そう見るからには、私は土左日記を必ずしも出来事に忠実な旅の日記とは考えていないのであって、貫之ほどの手だれなら、日記の随所にフィクションを混ぜ合わせ、ストーリーを構想するくらいは当然やっていただろうと思うのである。今引用した日記中の「聞きざれに聞けるなり」(面白半分に聞きかじった話なんです)という挿入句にしても、もともと女の筆に仮托した文章として書きはじめられたこの日記の性格からして、漢詩のことなど知らないふりをするのが女のたしなみという常識をちゃんと重んじた結果しるされたものであって、そのあたり、貫之は心得て書き進めているのである。

萩谷朴氏がこの句題和歌的な作例について説くところは面白い。土左日記の主題の一つを、権力者の子弟向けの歌学入門というところに置き、「水底の月の上より」の歌、すなわち賈島の詩の前句に基づく歌の方は、原詩を「外面的に誇張発展させた失敗作」の一例として、「影見れば波の底なる」の歌、すなわち詩の後句を「内面的に深化させた成功作」と対比して、初学者への作歌指導の一助とした、というのが、この一節に関する萩谷氏の説である。たしかに土左日記には、童児の愛すべき歌や、農民民謡、またがさつな素人の下手くそな歌、場所柄と機会をわきまえぬ礼を失した歌の類が、貫之自身の歌論的立場からしばしばあげつらわれていて、こういう部分が権家の子弟への作歌入門的意味合いを含んでいたとする見解に妥当な根拠を与えているようである。事実、承平五年はじめ（貫之六十四歳ころ）に土佐から帰京して以後、天慶三年（六十九歳ころ）玄蕃頭《げんばのかみ》に任ぜられるまでのあいだ、とくに天慶元年ころまでのあいだ、貫之はしきりに藤原忠平、実頼、師輔ら最高権力者たちに、官職のないつらさと焦りを訴える歌をつくっており、土左日記が実頼・師輔らの子弟を当初の読者として予定していたのではないかとする萩谷氏の推定は、その点でも興味ぶかいのである。もっとも、土左日記には、これが女性の筆に仮托して書かれたことをみずから裏切るていの好色的なくすぐりの部分があり、子弟向け歌学入門としてはいささか羽目をはずしすぎているといわねばならない。

いずれにせよ、

影見れば波の底なるひさかたの空漕ぎわたるわれぞわびしき

この歌は、貫之全作品中の秀逸の一つということができる。私はこの歌によって、貫之の歌の面白さに初めてふれた思いがしたのだった。理窟の勝った歌であるにはちがいないが、その理窟っぽさを越えて、ある「わびしさ」の息づく空間の広がりが感じられたのだ。「ひさかたの」という枕詞が、この場合、時間的・空間的な広がりを暗示するのに効果をあげている。下敷きとした賈島の詩に対して、「やまとうた」の特性をこういう部分で発揮し得たという思いが、貫之にはあったであろう。また、古今集にはほとんど全く見られない「われ」の語がここで用いられて、一首に好ましい直接性、実感性を賦与していることも見落すことができない。その広漠たる感じにおいて、万葉集人麿歌集の作「天の海に雲の波立ち月の船星の林に漕ぎ隠る見ゆ」（巻七・一〇六八）などを連想させつつ、しかもそこにはない一種の細みの感覚がそなわっている点に惹かれるのである。

　しかし、そういう余情的効果以上に私にとって面白く思われたのは、水底に空を見るという貫之の眼のつけどころであった。もちろん、ここでのお手本は賈島の詩にあったにしても、貫之がこの逆倒的な視野の感覚に執着したのは、かなり若い時期からではないかと思われ、そこに貫之という歌人のポエジーの、原型的イメジのひとつがあるのではないかと推測されたのである。右の歌がある種の空間的広がりを暗示し得ているなら、それはたぶん、この逆倒的視野の構成によるところが大きいのである。貫之は古今集の歌でも同じ試みをしている。

　二つなきものと思ひしを水底《みなそこ》に山の端ならでいづる月影　（古今集八八一）

池に月の映っているのを見ての歌だが、上二句の説明的なわざとらしさ、「山の端ならで」と、やはり単なる説明に堕した低調さがわざわいして、歌全体が底の浅いものとなっている。

ちなみに、貫之がいかに「水に映るもの」のイメジを愛したかを、その歌の中から抄出して眺めてみれば、

篝《かが》り火の影し映ればうば玉の夜川の底は水も燃えけり　（一〇）

これは延喜六年（古今集撰進の作業の進行していたころ）の屏風歌のひとつで「六月鵜河」という題がついている。これの類想に、

水底《みなそこ》に影しうつればもみぢ葉の色も深くやなりまさるらむ　（二六）

水の底にまで紅葉が映っているということが、色の「深さ」という、すでにして象徴的な感覚の自覚的把握に通じていた。

梅の花まだ散らねども行く水の底に映れる影ぞ見えける　（一三）
二つ来ぬ春と思へど影見れば水底にさへ花ぞ散りける　（二九八）
河辺なる花をし折れば水底の影もともしくなりぬべらなり　（三〇〇）
空にのみ見れどもあかぬ月影の水底にさへまたもあるかな　（三一一）
うきて行く紅葉の色の濃きからに川さへ深く見えわたるかな　（三一三）
水底に影さへ深き藤の花花の色にや棹はさすらむ　（四一三）

引例を中断して言えば、これらはみな屏風歌であり、たとえば四一三番の歌には「四月、池のほとりの藤の花」という月次《つきなみ》の屏風の四月の画題を示す詞書がある。そしてこの四一三番は「水底の月の上より漕ぐ舟の棹にさはるは桂なるらし」という、この章冒頭に引いた土左日記中の歌に、発想は酷似している。ちなみに、天慶四年正月、右大将殿（藤原実頼）の御屏風の歌十二首として貫之集におさめられている歌群は、萩谷氏が「貫之全歌集」の頭註で指摘しているように、土左日記の和歌と格調の共通した歌が多い中に、たとえば月の歌もある。「女はなの〔女どもの?〕池のほとりなる対《たい》〔対《たい》の屋《や》〕に群れゐて水の底を見る」という、ちょっと注目させられる画題がついた歌で、

月影の見ゆるにつけて水底を天つ空とや思ひまどはむ　（四六三）

これなど、土左日記中の「影見れば波の底なる」の歌と同工異曲（ただし大分劣る）というべきで、天慶四年という年代からいっても、土左日記の創作とほとんど同時期のものではないかと考えられ、貫之における「水底に映るもの」のモチーフの固着性を思わせられるのである。すでに充分引いたと思うが、屏風歌の中から、さらに晩年の作を一、二引けば、

水のあやの乱るる池に青柳の糸の影さへ底に見えつつ　（四九九）

藤波の影し映ればわが宿の池の底にも花ぞ咲きける　（五〇三）

ここまで来ると、もはや陳腐な繰返しという感さえ誘うかもしれない。実はそれも私のねらいだといえば言いすぎかもしれないが、一〇番（延喜六年、三十五歳ころ）、二六番（延喜十三年、四十二歳ころ）の二首が中ではよく、晩年の作はおおむね低調な繰返しに堕しているのは事実である。してみれば、晩年に書かれた土左日記の中の「影見れば波の底なるひさかたの空漕ぎわたるわれぞわびしき」は、その点でも注目すべきものと言わねばならない。

それならなぜ、この作だけが清新さをたたえているのかといえば、珍らしくも、「われ」

の孤独感が、広い海原を背景としてこの歌に定着されているからだという点に理由の一つを求めざるを得まい。唐の詩人の原作があって、それに乗せて歌ったときに、かえって「われ」の自覚が素直に表出されたというところに、創作心理の興味深い秘密を見出しうるかもしれない。貫之という歌人は、そういう点に、ある問題性を感じさせるところをもっている人なのだ。

話題があちこち飛んだが、私の問題にしようとしたことは、月であろうと紅葉であろうと篝火であろうと、あるものを見るのに、それをじかに見るのでなく、いわば水底という「鏡」を媒介としてそれを見るという逆倒的な視野構成に、貫之が強く惹かれていたらしいということである。「影見れば」の歌にあって、水は空を演じ、空は水の下を歩む。水と空は、たがいにたがいの鏡となる。すなわち、たがいにたがいの「暗喩」となっているのである。

こういう詩的な仕掛け、装置というものに眼を向けたところに、貫之の「新風」のひとつがあった。仮にそれが、お手本を中国に有するかもしれないものであってもよい。問題は、そういう詩的な装置によって、一首でもよい歌が得られたかどうかにかかっている。要するに私は、ある事物と別の事物がたがいにたがいの暗喩でありうることが、そういう詩的装置のたび重なる利用によって自覚的につかみとられていったとき、そこに新しい詩的態度というものが生れずにはおれなかっただろうと思うのである。

事物と事物のたがいの映発――だが、それは実は「言葉」を通してのみ実現することであった。水と空がたがいに鏡となり合うといっても、それは詩人の言葉の世界において生じる出来事にほかならない。だから、正確には、水という言葉と空という言葉が、ある種の幸福な条件のもとで、はじめて、ちょうど歯車があるときうまく嚙み合うように、たがいにたがいの鏡となり、光と影の中で映発し合うのだというべきである。常にそれがそうなるというわけではない証拠は、たった今私が引いた貫之のいくつもの歌そのものにあった。同じ水底に映るものの影という装置を利用しながらも、それが成功している場合もあれば、無意味である場合もあったのだ。

しかし、いずれにしても、こういう問題は万葉集の歌人たちについては話題とすることが困難であろう。たしかに万葉集においてもすでに和歌の二種類の発想形態が自覚されてはいた。「正《ニ》述《ブ》二心緒《ヲ》一」と「寄《セテ》レ物《ニ》陳《ブ》レ思《ヲ》」と。けれども、万葉にあっては、「寄物陳思」の歌は少なく、それゆえ、その種の歌はかえって集中で注意ぶかく扱われてもいる。多くの万葉の歌は、瞬間的な知覚の清新さを、心緒の直接の表白とじかに結びつけており、事物に「寄せて」という間接的反省を通してではなく、事物がそのまま自己のある瞬間の心的状態と融け合っている直接的な一体感において、私たちを魅するのである。それゆえにこ

そ、万葉末期の歌人大伴家持が天平勝宝五年春につくった

わがやどのいささ群竹《むらたけ》吹く風の音のかそけきこの夕かも

うらうらに照れる春日に雲雀あがり情悲《こころ》しも独しおもへば

のごとき歌が注目されることにもなる。周知のように「うらうらに」の歌の左註は「春日遅々として、鶬鶊《ひばり》正に啼《な》く。悽惆《せいちう》の意、歌に非ずは撥《はら》ひ難きのみ。仍《よ》りて此の歌を作り、式《も》ちて締緒〔結ぼほれて解けない心意〕を展《の》ぶ」云々と言っている。それは、歌を通じてしか、結ぼほれたわが想いを展《の》ばすことはできないのだ、という自覚の発生を語っている点でとりわけ興味ぶかい。なぜなら、そこには、外界の事物に寄せてわが内心の想念をひそかに洩らすという方向に進んでゆく歌心が、さらに進んで、「歌」そのものをいわば「物」として対象化し、歌に寄せて思いを陳べるという態度にまで徹してゆく趨勢が暗示されているからである。歌に寄せて、という態度をとることは、言いかえれば歌というものに分析的、批評的、構成的態度で接してゆくということでもあって、そこにはもはや、歌を言霊の憑くものとし、霊的な威力を持つものとする信仰はあり得ない。

代りに、歌の「美」というものが明らかに意識されてくるであろう。歌というものを、言葉の技術の錬磨によって、いかようにも磨きあげることのできるものと考えるようになってゆくとき、人は、自覚するとしないとにかかわらず、「信仰」の代りに「美」を拠り

どころとする立場に立つようになるのだ。

古今集の歌人たち、とくに貫之をはじめとする撰集時代の歌人たちの作品を読めば、かれらがそういう態度に徹していたということは容易に感じとられるところであって、彼らの歌の享楽的、耽美的な性格は、彼らが自我の存在様態にある種の二元的分裂を感じはじめたことと切っても切れない関係にあったのである。「物に寄せて思いを陳べる」という屈折した間接的発想の展開は、そういう形で、それ独自の極点に向かって進みはじめていたのである。

この点に関しては、古今集の主要な歌人たちが、現実社会の中でどのような位置にあり、またどのような理由から自我の存在様態の二元的分裂を自覚せざるを得なくなっていたのかを、もう少し深く眺めてみる必要がある。

古今集撰進の時代は、いうまでもなく藤原氏が覇権獲得を決定的なものにした時代である。貫之十七歳のころに起った阿衡《あこう》の紛議、三十歳のころに生じた、讒言による菅原道真の太宰権帥《だざいのごんのそつ》への左遷は、宇多、醍醐両帝の時代における藤原氏の専権確立をまざまざと見せつけた事件であったが、すでにこれより半世紀以上も前、古代社会における武人の名門中の名門、大伴氏と紀氏とが、早くも藤原氏によって排除され没落していたことは、日本の詩歌の伝統を考えるとき、なかなか意味ふかいもののように思われるのだ。

目崎徳衛氏の『紀貫之』は、古今集の作者たちの中で「絶対に無視できない雄大な一山脈」を形づくっている紀氏ならびに紀氏の縁者たちについて詳細に語っている。その、濃密な文学的血液をわかち合う「紀氏山脈」には、「貫之・友則の二撰者をはじめ、望行・有朋・有常・静子・有常女・秋岑・利貞・淑人・淑望《よしもち》・惟岳《これおか》・紀乳母《めのと》・さらに常康親王（その母は紀静子の姉種子）・惟喬《これたか》親王（その母は静子）・兼覧王《かねみ》（異説はあるがおそらく惟喬親王の子）・在原業平（有常女を妻とした）・藤原敏行（紀名虎女を母とし、有常女を妻としたらしい）と数えてすでに二十八人に近い。……業平の子の棟梁《むねやな》・滋春《しげはる》や、棟梁の子の元方もある意味では紀氏の圏内に入れてもいい。この厖大な一群は『古今集』の判明する作者名のほぼ二十パーセント位に当る。」

しかし、この一大文学集団を生んだ紀氏は、決して古くから文学的血脈を伝えた家柄ではなく、むしろ記紀の時代から文雅には縁のない武人の名門として通ってきたのである。けれどももはや時代は、武門の名家を必要とはしなかった。貫之の直系の祖とみなされる紀船守《ふなもり》（恵美押勝の謀叛鎮圧の際の武勲をもって知られ、近衛大将から大納言にまで昇進した）の系譜についていえば、梶長《かじなが》を経て興道《おきみち》・本道・望行《もちゆき》・貫之に至る間に衰退の一途をたどるのである。「興道の生きた弘仁以後の世は漢風文化主義の全盛時で、蝦夷征討も打切られて軍事はとみに軽視されたから、武芸はだんだん儀礼的・形式的と化し、武臣の出世も次第にむつかしくなった。紀氏の公卿となる者も、弘仁十年（八一九）に死んだ広浜、承和三年（八三六）に死んだ百継《ももつぐ》を最後に見られなくなり、船守系では興道は従四位下で終ったし、その子本道はより平凡に受領を転々したに止まった。」

目崎氏は名門紀氏の没落を跡づける過程で、紀氏・大伴氏という古代的氏族が藤原氏に屈してゆく趨勢を象徴的に示す事件にふれている。「殊に古佐美の子孫で能吏の誉れをほしいままにした紀夏井までが、文徳天皇の貞観八年（八六六）に起った伴善男《とものよしお》の応天門の変の連累として遠流《おんる》に処せられた厄運は注目を引く。この事件が藤原氏によって企てられた陰謀だろうということは定説だが、変によって古代の名族大伴氏は完全に没落し、邪魔者を除いた藤原良房は変の直後に人臣にして『天下之政を摂行する』ことになって、藤原氏全盛の第一幕が開いた。紀氏の全部が伴氏と気脈を通じ、全部が変の余波を食ったわけではないが、紀・大伴両氏に共通する古代氏族的・武弁的性格が藤原氏の律令官僚的性格と相容れない古さを持っていたから、おのずから新状勢の下で淘汰されざるをえなくなったもので」云々。

藤原氏の閨閥的布石を背景にした律令官僚的・合理的支配が、古代氏族たちをしだいに圧倒し去っていったのち、倒されてゆく氏族の中から、すぐれた詩人たちが簇生したということは、やはり注目すべきことといわねばならない。万葉末期以後の日本抒情詩の歴史が、悲歌のトーンを一大根幹としていることは否定できないように思われるからだ。

勝者の詩心はどういう表現をとったかといえば、それを見るのに適切と思われる歌が古今集にある。今見た目崎氏の文章に登場する藤原良房の歌がそれだ。この前太政大臣《さきのおおきおおいもうちぎみ》の歌は古今集春歌に一首録されているだけで、次のようなものである。

染殿の后《きさい》のお前に、花瓶《はながめ》に桜の花をささせ給へるを見てよめる

年経れば齢《よはひ》は老いぬしかはあれど花をし見れば物思ひもなし　（古今集五二）

染殿の后とは文徳天皇の皇后明子《あきらけいこ》だが、清和天皇の母であるこの后は、良房の女であり、良房の邸である染殿に住んだのでこの名があった。歌は春の部に収められてはいるが、ここでいわれている「花」は、桜であると同時に明子を指してもいて、つまりは女《むすめ》の栄華をたたえ、わが世の春を謳う権力者の慶びの歌にほかならないという解がなされている。

のちに藤原道長が、後一条天皇の中宮に三女威子《いし》をたて、長女は太皇太后、次女は皇太后、三女は中宮という栄華の絶頂に達したとき、式を終えて帰った土御門の邸で、右大将藤原実資《さねすけ》らを招いて満月を仰ぎながら即興に詠じたというあの「この世をばわが世とぞ思ふ望月のかけたることもなしと思へば」の歌が思い起される。この時返歌を要求された実資は返しを辞退し、列席の者はこぞって、ふたたび三たびこの歌を合唱したとされるが、たぶん、勝利者の歌とはつねにこういう大らかさと厚顔とのないまぜの姿をとってあらわれる

ものなのである。

もっとも、良房の「年経れば」の歌についていえば、「無常の詠嘆をしりぞけ、ひたすら桜花の美に陶酔する姿勢、また技巧修辞にあくせくしない一気な詠みぶり……周囲への顧慮を捨てた王者に似た表現」と絶讃する藤岡忠美氏の見方もある。藤岡氏はこの歌の「花」に明子を見る通解をしりぞけ、老いた良房がひたすら桜花の美に没入し、瞬時の恍惚を感じとっているひたむきさ、「無技巧に一気に懐いを述べた切実さ」に、古今集の「群小」歌人たちの、屈曲し、精彩を欠く、技巧的な歌の遥か高みをゆく悠々たる王者の風格を見うるとするのである。「これは他の歌人たち、まして貫之をはじめとする撰者たちの不遇な立場からは生れえない歌風ではないのか」というのが藤岡氏の考えであって、これをおしすすめれば、良房の歌風とは対極にたつのが古今集主流の歌風だということになり、その歌風を支えている人生観については「人間を世俗凡庸なものとして自認し、わが身を否定的厭世的立場にたえず導こうとする志向が、かすかながら認められるのではなかろうか」ということになる。この指摘は、古今集の中枢を形づくっている歌人たちに対して、興味ぶかい光をあてているように思われるし、まして良房が和歌の愛好者として僧侶や公卿大夫たちに和歌の詠作を命じていること、屏風歌の制作が彼の娘の後宮あたりを中心にして始まることなどの事実から、「宮廷的古今的和歌復活の淵源は良房の息のかかった場所に求められるのである。藤原摂関制伸展の経過にそってその後和歌の宮廷における進出もありえたわけであり、その輝かしい源頭に立つ者として、政治史的にそびえる彼の像は和歌史の上でも光彩をはなっていた」ということがいえるとするなら、そういう大人物を仰ぎ見つつ、その遥か下風に立つほかなかった不遇、失意の歌人たちは、ほとんど立つ瀬もないということになるだろう。

私は藤岡氏の説に興味をかきたてられるが、一方、良房の歌を一首しか読むことができないのを心もとなく思いもする。他にも何首か彼の作を古今集で読むことができたとしたら、どうだっただろう、という疑問が私にはある。一首しか入集していないことが、この場合、良房にとっては幸いだったかもしれないと思う。そんなふうに感じるのは、私がこの良房の歌を、藤岡氏ほどにはいい歌と認め得ないからであろう。第一、この歌の「花」を、純粋に桜花の美をうたったものとしてのみ考えねばならない根拠は、私には見出せない。そう見ることができるにしても、なおかつ、花が女盛りの娘を寓意していると見る常識を、この歌に限って排除しうる根拠を見出せないからである。

そんなふうに私が思うもう一つの理由は、満ち足りた権力者にいい歌がありうる可能性は極めて稀れだという、まあ常識的な考えに立っているからでもある。満ち足りた権力者はしばしば雄弁家である。しかし、少なくとも日本の詩歌の伝統にあっては、そういう類の雄弁がポエジーと一体になった事例は、まず絶無だといわねばならない。良房の歌にしても、「花をし見れば物思ひもなし」という下句は、雄弁とは逆の方向をむいている。素直に思いを直叙したところは、たしかに古今集中での異色とも思えるが、奇妙なことに、古今の他の歌と並べて見ていると、その技巧のなさが次第に飽きたらなく思われてくるのである。

私にはこの良房の歌と較べて、古今集の撰者その他の歌が、一概に鬱屈した技巧だくさんの小天地に跼蹐《きょくせき》するていのものとばかりは言えないだろうと思われる。人によっては貫之よりも高く評価するかもしれない躬恒《みつね》の、

みな月のつごもりの日よめる

夏と秋と行きかふ空の通路《かよひぢ》は片へ涼しき風や吹くらむ　（古今集一六八）

のごとくよく知られた歌にみられる一種の鋭く清新な感覚性をあげてもよいが、早い話が、貫之の春の歌、

歌奉れと仰せられし時、よみて奉れる

青柳の糸よりかくる春しもぞ乱れて花の綻びにける　（古今集二六）

を良房の歌と並べた場合、調べのふくよかさ、めでたさという点だけをとっても、こちらの歌の方にむしろ大らかさを感じうるように思うのである。

貫之の歌は、右の歌でも、柳、糸、縒る、乱る、綻ぶと、植物と衣服との両義にまたがる語の用い方に技巧をこらしているように、いわば水も洩らさぬ腕のたしかさによって遮二無二相手を納得させてしまうようなところがある。けれども、仔細に彼の歌を読んでみると、凡作も少なくないなかに、技巧を越えてさすがと思わせるさわやかな作品があるのもまた事実なのである。

延喜の御時、秋の歌めしありければ奉りける

秋の月光さやけみもみぢ葉のおつる影さへ見えわたるかな　（一〇三）

この歌は後撰集および古今六帖にはのっているが、古今集はもちろん、他撰本貫之集にもない。私はすでに、後撰集はなかなか隅におけないという意味のことを書いたが、こういう歌が拾われているところにもそのような感想を誘う理由の一つがある。この歌の感覚は、どちらかといえばむしろ新古今的なものだといわねばならない。後世が発見すべき種類の歌のひとつだといえる。貫之がこういう歌をも作る人だったことは、やはり注目して

いい事実なのである。この感覚の澄み具合と眼のよさとは、たとえばこの歌が作られた時から十年ないし三十年ほどの間に書かれたことになる土左日記のような散文の中で、貫之が相変らず見せてくれるものなのである。彼がことさらな技巧を凝らさないこの種の歌において、新古今的な、感覚の尖鋭な表現をなし得ていることは、彼の持っていた資質の地金をうかがわせるに足るもののように私には思われる。

しかしまた、このような歌、つまり、延喜の御世に秋の歌召しに応じて奉ったとある以上、おそらくは古今集撰進当時、入集候補作として貫之らが奉った少なからぬ自作歌のひとつだったろうと思われる、由緒ありげな歌が、古今集にも他撰本貫之集にも録されなかったという事実を無視することはできない。現在の私たちにとっては清新にも際やかにも思えるこのような歌が、当時の一般的評価からすれば、その技巧の無さ、ナイーヴさゆえに、かえってあきたらなく思われたということも、あり得ないことではないからである。そこにこそ、古今集という集のもっている独特な性格もあったのだ。それは、さきに私がふれかけたまま、廻り道をたのしみすぎた感がしないでもない例の古今歌人たちにおける自己の二元的分裂の自覚という問題に、私を連れもどす。

この問題に関して、窪田空穂がそのすぐれた「古今和歌集概説」でのべているところは、古今歌人たちの創作意識の解明として、逸することのできない洞察を示している。

才能を持っている者が、身、藤原氏にあらざるがために、社会的にその才能を用いる路を杜絶されているという状態は、その人々をして批評的に傾かしめ、また他に依る所を求めさせる事である。これを古今和歌集の歌人に見れば、この歌人らは、官人または社会人としては、内面には強く自己を意識させられる機会が多く、外面には、意識する事の強いのと反対に、注意深くそれを蔽っていなくてはならなかったのである。さらにいえば、それが実際生活の要諦となっていたのである。万葉集にははなはだしく現われている「我」という言葉が、古今和歌集には全く無くなっているという事は、今は定説ともなっているが、これを実際から見れば、この時代の方が「我」を意識する事ははるかに強く深かったにもかかわらず、それを言葉とする事を許されず、許されないが故に現われなかったとすべきであろう。古今和歌集の歌風である享楽耽美の詩情の中に、それとは一見なんの交渉もなく思われるところの理知的な、批評、分解の精神の濃厚にまじっているのは、詩的技巧でもなく、新奇を求めるためのものでもなく、この生活上の実感のおのずから反映しているものと見るべきであろう。

社会に生存を保つために、外部から二重生活を強いられ、心が二元に分裂させられていた古今和歌集の歌人らは、意識無意識にかかわらず、そこに何らかの救いを要求していた事であろう。この状態も久しきにわたれば、おのずからそれに馴らされて、停滞を忘れ、苦痛も感じないであろうが、これをいわゆる六歌仙時代から見れば、氏族制度が復活して、藤原氏が権勢を占めて来たのは、まだ最近の現象であって、少しく遡れば、人材抜擢の潑剌たる時代があって、その記憶はまだ鮮やかなものであったろう。伊勢物語の主人公在原業平が偶像化されたのは、一面は優れた歌人であったためでもあるが、他面には、新興の氏族制度の反抗者として、その意味でも尊敬されたがためと思われる。『伊勢物語』を存在させ、高名にさせたという事は、その存在した時代には問題もあるが、精神としては、この時代の藤原氏以外の官人の心情を暗示している事といえよう。空穂はこのように言い、さらに、実生活の上で二元に分裂させられている心を一元のものに復させ、また氏族制度の復活固定化によって差別されている自身を平等にさせる救いとしては、和歌だけでは究極のものとなり得なかったであろうと推論し、新興の仏教の指導精神がもったはずの意味を重視している。

そもそも、空穂は古今和歌集の歌風の特色として、第一に、人事と自然とを渾融させ、一体としていること、すなわち天地を一体として見ていること、第二に、事象を時の推移の上に浮かべて大観する傾向、すなわち、万葉集の短歌が一瞬の印象を空間に力点を置いて鮮明にとらえるのに対し、古今集では一切の取材を時間的に扱っていること、第三に、理知的、批評的、分解的であること、したがって当然修辞の上でも、対照法を多用し、説明的となるというような性質が生じたこと、第四に、流麗を極めた七五調の調べであること、つまり、用語の面から見れば、万葉集が名詞を多く用いるのに対して、形容詞、副詞、助動詞をはなはだしく多用して効果を発揮し、また発想の面から見れば、万葉集がほとんど全部、事を先に言って心を後に添える発想法を示すのに対し、心を先として事を後から添えるため、いきおい、微細にわたり、隠約を求めることになり、いわゆる手弱女《たおやめ》ぶりがここに生じることになる、といった諸点を指摘した。これらの諸点は、今では定説的なものだが、空穂はこれらを総括した上で、古今集を貫く根本第一の特色は、享楽、耽美の精神だと言った。この享楽、耽美の精神の由来するところを、藤原氏以外の官人が政治以外のものに向かって才能をのばすことを余儀なくされた点に求めているのが、すなわち先に引いた説明の部分であった。

結局、「氏族制度が復活して、人材登用の路を杜絶されると、その人材の唯一の資格であった中国の文物の研究という事は魅力を失わされ、同時に他方では、社会上の不平失意を慰める方法として和歌が玩ばれ、その不平失意から救われるものとして、新興の仏教に帰依したというのが、思うに当時の実情であったろう」ということになる。

ところで、空穂は、漢詩文の学に長じた人物なら名門の出でなくても一躍抜擢され、栄達もありえた時代は過去のものとなり、重くるしい藤原氏中心の氏族制度の固定化とともに、漢詩文の影響力は急激に衰えていったと考える。「古今集の歌風には、支那の詩文の影響しているものが多いだろうと想像されている。しかしこの想像は誤りで、たとい影響があるにもせよ、それは案外に少ないもので、反対に甚大の影響を及ぼしているものは、仏教であったといえる。」

これに対して、いや、そう考えるのは速断だろう、古今集の表現には、漢詩文、とくに六朝詩の影響が顕著に認められるとして、詳細な技法的分析を行っているのが、小西甚一氏の「古今集的表現の成立」(昭和二十四年)である。これは日本学士院紀要第七巻第三号という、あまり一般的ではない場所に発表された論文だが、嵯峨天皇から文徳天皇にいたる約五十年間の唐風全盛期を経過するあいだに、和歌の世界では万葉風から古今風への、だれが見ても顕著な変化が生じていることの理由を、もっぱら漢詩文との影響関係にのみ焦点をしぼって追求したすぐれた論文である。この技法的な比較論を通じて、古今集和歌が六朝詩の特徴的技法から多くの影響を受けているであろうことが立証されている。「周秦漢の古詩には古今集的表現とかようものが見られず、盛唐以後の詩風とも違ったものがある。初唐期の詩風は六朝の延長と視られるので、それをも含め、古今集的表現の裡に六朝詩の俤を認め得ると思う」と小西氏はいう。平安初期に渡来していた六朝詩の集には、昭明太子の『文選』、『古今詩苑英華』、徐陵の『玉台新詠』などがあるが、ことに

『文選』は最も尊重され、誦習された。小西氏は六朝詩の特徴的な態度として、唐代詩論にいわゆる「倚傍」の技法を指摘する。倚傍とは、字義の示すように、「傍らに倚《よ》る」表現、「すなわち境象に直進せず、途中で何者かに寄り途してゆく道草的表現である。そのように把握を曲げるのは意識の干渉であるが、意識は『我』という主体においてはたらくのであるから、倚傍は境象と我《われ》が分立する表現だと謂ってもよかろう。」

小西氏は、『文選』『玉台新詠』その他から数多くの詩を引照し、そこに見られる「見《み》立《たて》」、因果関係の理詰めな把握、擬人的な「はからい」、形式性を保つために真実からの遊離をもあえて顧みない態度、現実にはないものの中に、ことさら「尤もらしさ」を見出していこうとする把握、文屋康秀の「吹くからに秋の草木のしをるればむべ山風をあらしといふらむ」（古今集二四九）のように、「山」と「風」を合せて「嵐」となるのを面白がるていの語戯への傾斜、先人の既存の表現を踏襲し倚ることを好む態度など、総じて「智巧」を重んじ、「何をいうか」よりも「如何にいうか」を徹底して重視した六朝詩の特質を細叙した上で、こう言っている。

古今集的表現に含まれる六朝詩的特性は、さまざまな点に認められるとしても、それらを約言すれば、畢竟「倚傍」に他ならぬ。境象とまっすぐに真実感合せず、他の何ものかに寄り途する態度である。「他の何ものか」は、智巧的な見立とか、先行的表現への依存とか、語戯的なあそびとか、幾らも形をかえて存在する。しかし、それらを貫くものは唯ひとつ、境象の真実に直進せぬ曲線的性格である。この点において、古今集的表現に対する六朝詩〔特に第四期〔と小西氏がいうのは、同氏による六朝詩の四つの時代区分のうち最も新しい、初唐の詩風に接する梁―陳時代の詩風のこと〕〕の影響を主張したい。

小西氏はさらに、右のような特徴は、実は古今集のみならず、嵯峨天皇から文徳天皇に至る半世紀の和歌暗黒時代、言いかえると漢詩全盛時代、勅撰詩集時代の、その「詩風〔漢詩のこと〕が、六朝〔特に第四期〕の詩風と酷似している」ことを、これまた多くの日本漢詩を例に引きながら論証している。わけても興味ぶかいのは、従来古今集に対して特別の影響があったと考えられてきた中唐の白楽天の詩が、実際には「眼前咫尺《しせき》の事象を率直に捉えてゆくのが特色であって、廻りくどい技巧は凝らしたがらない」性質のものであったこととの指摘である。白詩は、「全体的には、はっきり反六朝的な表現であり、反倚傍的な把握であった。ところが、古今集歌人は、そうした白詩の本領を顧みず、部分的に混在する六朝的要素だけを摂取したのである。このことは、古今集歌人の把握意識が既に深く六朝化しており、白詩の真率坦易を受け容れる余地がもはや無かった結果に他ならぬ。」

こうして、「六朝詩――平安詩――古今集的表現」という関連は、「動かせぬように思われる」という結論が導かれてくる。そして小西氏は、平安時代の社会と、歌人たちの精神生活に関しても、それが六朝と「ふしぎなぐらい相似点をもつ」という。「もとより平安時代は六朝と政治形態を異にするけれども、歌を作る人たちの生活が安定しており、既に在るものを肯定し保持してゆく態度が執られたことは、いずれも同じであった。平安京の社会機構は、嵯峨天皇の御代、ひとまず安定の段階に達し、特に貴族は著るしく権勢を伸ばして、顕要の地位がようやく或る層に固定して来た。その結果、精神生活もいつしか安住の境涯を慕うようになったのであろう。」

結局のところ、小西氏の考えでは、従来古今集的表現のいわば独自性と考えられてきた部分の多くが、実は中国六朝詩の圧倒的影響下に成立したものではないか、ということになるわけで、

これらの結論がもし肯定されるならば、更に幾つかの重要な予見が成立するであろう。先ず、いわゆる日本的なる美に対し、その純粋さを再検討する要が有りはしないか。平安時代の歌文に観られる優艶な情趣は、純粋な日本美であるかの如く説かれもし、私自身もさような感じを抱いていた。しかし、その中には、よほどシナ的な要素が含まれていはしまいか。古今集的表現は、平安時代の歌文全体に深く浸潤し、その基礎をなしているといってもよい程であるだけに、シナ的な表現精神はかなり宏汎な影響をおよぼしたことになる。もっとも、その逆も考えられる――というのは、従来わが歌文に対し深

く影響したと説かれているシナ的要素、例えば白詩などが、案外薄弱な響きしか無かったこと等も、看過できぬ点であろう。

この小西氏の結論は、従来の常識の盲点をするどくついている。

しかし、と私は思い直してみる。このように周到に論証された両者の表現機構の相関性、というより、中国詩から日本詩歌への影響ということはたしかに事実であるとしても、にもかかわらず、古今集和歌の生みだす情感と、六朝詩の生みだす情感とは、ずいぶん異質であるということだ。これはいうまでもなく、両者の言語の本質的な相違にもとづくもので、倚傍のごとき普遍化、一般化しうる技法は移し得ても、それを用いて作りあげられた言葉の作品そのものが、全体として持つ「姿」には、両者の言語の違いにもとづくいちじるしい相違がある。これは如何ともしがたいもので、その好例が、これは六朝詩ではないが、この章冒頭でとりあげた、土左日記の中の、賈島の詩句と貫之の歌との関係にも見られるのではなかろうか。

「水底に映るもの」のモチーフに対する貫之のあのような執着なども、あるいは、賈島の詩句以外の中国詩からすでに与えられていたヒントにもとづくものかもしれない。もしそうだとしても、私はそれをもって貫之を貶めようとは思わない。言うまでもなく、小西氏においても、そういうことは問題にもされていない。おそらく、問題は、他の民族の詩法からの影響を受けたからといって、それをただちに、影響を受けた側に対する貶下的な材料とすることにあるのではなく、むしろ、世界的同時代性の観点において両者を眺めつつ、しかも各民族の表現の、各個独自な完成への努力を跡づけてゆくことにあるだろう。古今集的表現の問題は、小西氏が示されたような清新な比較文学的検討を経て、もう一度そのものとして見直されるとき、一層興味ある姿で立ちあらわれるだろう。

もう一つ、ここで気づくことを書きしるせば、私には、古今集の歌人たちが、なぜ周秦漢の古詩にも、盛唐以後の詩風にもなじまず、六朝詩、それも頽唐期であるらしい第四期という時期の詩風にもっぱらなじんでいったのかが、興味ぶかいことと思われるのだ。平安漢詩人たちが、と言いかえてもよい。とにかく、平安朝の詩人たちは、漢詩によってであろうと、和歌によってであろうと、技法的には明らかに中国詩のある時代のそれを偏愛したわけで、そこにおのずと、彼ら自身の志向ないし嗜好による撰択が働いていたことを思わざるを得ない。小西氏の論文は、そういうことをも実は明らかにしているのである。

たぶん、この問題は、紀貫之が書いたとされている古今集仮名序、この日本最初の本格的な詩論・鑑賞論が、中国詩論の影響を受けながらも、歴然とそれを日本的なものに変容させてしまっていることとも、別の問題ではない。当然、次の章ではそれらの点について考えてみることになる。

四　袖ひぢてむすびし水の

私は第三章で、土左日記の「影見れば波の底なるひさかたの空漕ぎわたるわれぞわびしき」などの歌に見られる貫之の逆倒的な視野構成についてふれた。空が水の下を歩み、水は空を演じるという視点の発見に貫之が興じたと思われることについて、同種の技法による歌をいくつか例に引いて語った。そこでは、水と空は、「反映」という現象を通じて、たがいにたがいの鏡となり、暗喩となっていた。

おそらく、「詩語」とか「詩的言語」というものが、詩人たちによって自覚され意識されるのは、このような、たがいに映発しあうものの発見を通じてではなかったかと思われる。ある種の語が、呪語、タブーとしての強い力をもって人々を支配する古代的、シャーマニズム的な言語意識の段階は別として、語というものが、二つ、三つと重なり合い、関係づけられるときに生み出す感興、刺戟、連想の強化促進ということは、平安朝の歌人たちには、今日のわれわれよりも遥かに強い意味で、まことに新鮮な発見だっただろう。とりわけ、そこには、和歌が生活の中ではたしている大きな役割がからんでいたから、彼らは歌の言葉に苦心せねばならぬ必然性があった。

恋愛に際して、季節の花の枝に歌を結びつけて贈り、思いを相手に伝えるというのは、彼らの生活の必要な習慣だった。また、官位の昇進を歎願するにも、歌を通してすることが好ましいことであった。しかし、和歌は五七五七七合せて三十一文字という短小な詩形であり、この短小な詩形に複雑な思いを盛ることは、大体がきわめて困難なことである。自分の思いを盛り、同時に相手の関心をかきたて、あっと思わせるためには、当然この短小な詩の内容にある種の新味をそえ、複雑化するための技巧が必要であった。その技巧は、しかしながらあくまで三十一文字の制限内でのものでなければならなかったから、おのずと性質が限られてくるのはやむを得なかった。小西氏が精細に論じた六朝詩の技巧の古今歌人への影響ということについても、それが主として「見立て」や「語戯」の面に集中していたという事実には、和歌という詩形の側からする必然的な理由があったのだと考えられる。「見立て」や「語戯」は、この短小な詩形の中でも、かなりの程度まで駆使できる技法だったからである。

雪と花、女と花、雪と鶴、花と雲、波と花、滝と雲、月と雪、紅葉と錦、滝と糸、あるいは白髪と雪その他その他、貫之の歌に頻出する譬喩、見立ての趣向は、貫之だけでなく、当代一般の歌人たちもまた愛用したものであった。今では陳腐な連想になり終っていることれらの組合せも、中国詩からの影響を受けつつ、一方でそれを三十一文字の内容の複雑化、味わいの重層化に活かそうという切実な要求がなかったなら、あれほどにも愛玩濫用され、その結果陳腐なものになりはてることもなかったろうと思われる。

春、歌合せさせ給ふに、歌一つ奉れと仰せられしに
桜散る木の下風はさむからで空にしられぬ雪ぞ降りける　（八〇二）

子規はこの歌を「駄洒落にて候」と一言のもとに切捨てたが、それはこの歌の見どころを、単に散りしきる桜をその白さゆえに雪と見立てて興じているだけのものと見たからで、「見立て」の趣向という技巧だけをとりあげるなら、たしかに駄洒落にすぎないようなものにちがいない。けれども、そういう技巧は、その当時には、生活の必要物としての和歌に新しい血を注ぎこむことを意味していたのであり、その範囲内では、明らかに、すぐれた作もあればそうでない作もあったのである。

今引いた「桜散る」の歌については、藤原俊成のほめことばがある。俊成は古来風体抄でこの歌をあげ、「この歌は、古今に承均《そうく》法師、はなのところは春ながらといへる歌の、

古き様なるをやはらげて詠みなしたれば、末の世の人の心にかなへるなり」と評した。承均の古今集の歌とは

雲《う》林《りん》院にて、桜の花の散りけるを見てよめる

桜散る花のところは春ながら雪ぞ降りつつ消えがてにする　（古今集七五）

というのである。較べてみれば優劣は瞭らかで、承均の歌には、艶も余情もない。「桜散る花のところ」という詞は興ざめな低調さをもっている。それにくらべて、貫之の歌には、口ずさめば一層あきらかになるサ行の囁きのひめやかな音楽性があって、そういうところに費された貫之の苦心とそれの成功は、勇壮活潑を好んだ子規の耳をもってしてはとらえ得なかったのであった。その点では、俊成は遥かにいい耳をもつ鋭敏な批評家であった。古来風体抄は俊成が式子内親王に、歌の姿のよさ、詞のをかしさ、つまりよい歌の本質をなすものは何かと問われて書いた歌論書だが、そこで彼がとりわけ強調していることは、「歌はただ詠みあげもし詠じもしたるに、何となく艶にもあはれにも聞ゆることのあるなるべし。もとより詠歌といひて、声につきてよくもあしくも聞ゆるものなり」ということだった。つまり、この、和歌史上最大の存在の一人というべき中世の歌人は、和歌のよしあしの判定を、声に出して詠みあげたときに「何となく」艶にもあはれにも——つまり、「艶」と「あはれ」（ここでは幽玄とほぼ同義に用いられている）という通常対比的に考え

られる美感の双方が、わかちがたく重なり合って――聞こえるような歌を最高のものとしたのである。そういう観点から、貫之の歌を高く評価したのである。それはつまり、貫之が仮に当時流行をきわめた譬喩や見立ての風潮に身を浸し、その先頭を切りもしたにせよ、なお、そういう一般的流行の水準を越える「何となく」すぐれたところ、つまり、この場合でいえば音楽を持っていたことを、俊成が高く評価したということであろう。

俊成が、歌というもののよしあしの判定にあたって、声に出して詠じてみる方法をとったことは、彼が歌合最盛時である後鳥羽院時代の歌界第一人者であり、権威ある歌合の判者であったこととも関係があるだろうが、それればかりでなく、歌の価値を理智的に弁別し、技巧的に分析してあげつらうことの弊害を正そうとする、はっきりした思想を抱いていたことによっていよう。「何となく艶にもあはれにも」という言い方を曖昧な物言いととったら誤りなのだ。

ともあれ、貫之をはじめとする古今時代の歌人たちが、見立てや譬喩を愛用したことは、生活の必要と、和歌を新味あらしめる目的とからくる必然であった。

譬喩にもまさって愛用されたのは、縁語、懸詞の技法であって、貫之の歌集をとってみるだけでも、その例は枚挙にいとまがない。すでにさきに「青柳の糸よりかくる春しもぞ乱れて花の綻びにける」をあげたが、

歌奉れと仰せられし時、よみて奉れる

我が背子が衣はる雨降る毎に野べの緑ぞ色まさりける　（古今集二五）

ここでは、「衣はる」は「衣張る」であると同時に、「我が背子が衣」までを序詞とする「春雨」とも重なり合っていて、春の、一雨ごとに緑を増すのがありありと感じられる野原の一隅の家で、夫の衣を洗い張りしながら、光が遍満する春の上気した緑野に眼をやっている若妻の姿を想いやることができるだろう。

ついでだから、貫之における序詞および枕詞の技巧についてもここでふれておくべきだろう。そのあるものは、貫之のヴィルチュオーゾとしての側面をよく示している。序詞の例をひとつだけあげるとすれば、何といっても彼の代表作として知られる——しかも、貫之の存命中から名高かった——次の歌ということになろうか。

志賀の山越にて、いし井のもとにて、物いひける人の別れけるをりによめる

むすぶ手の雫に濁る山の井のあかでも人に別れぬるかな　（古今集四〇四）

志賀の山越えを歌った貫之の歌は、古今集一一五番など、四首があって、一一五番は「志賀の山越えに、女の多く逢へりけるに詠みてつかはしける」という詞書のある、

梓弓春の山べを越え来れば道も去りあへず花ぞ散りける

という、たぶん知合いの宮中の女房たちとの出会いをうたった歌である。ちなみに、長谷川政春氏は、この種の志賀山越え、志賀寺詣での歌四首を含め、貫之に「近江」を歌った歌十八首があることに着目し、貫之の交友関係に「近江国司」またはその縁に連る人々が多いこと、さらに遡って、紀氏の家系が近江の地に血縁的地縁的つながりを持つこと、かつ、貫之の母なる内教坊伎女とよばれる女性も、あるいはこの「文芸・歌舞」の地近江の出身だったのかもしれないことを推測して、貫之の近江をめぐる歌の背後には懐旧と憧憬と矜恃が渦巻いているという興味ぶかい説をたてている。あるいはそういうこともあるかもしれない。もっとも、貫之のそれらの歌からは、たとえば人麿が近江で歌った挽歌にみられるような際やかな感動の高まりは見出せないのだが、中ではこの「むすぶ手の雫に濁る」の歌が、やはり心に残る調べをもっている。

志賀寺（崇福寺）詣では、北白川の滝の片原から上って、北叡山中の如意が峰をこえ、志賀へ出る道を通っていったものという。花見をかねて、春に詣でる人々が多かったらしい。そういう人々の群にまじって、貫之はたびたびこの近江の地に山越えしたのだろうが、

山中の石井（岩間の漏り水をためて、旅人の渇きをいやすようにした水溜り）のほとりで、たぶん宮中で知合いの女、それも貫之とのあいだにいくらかは交渉があったかもしれない女に偶然行き遭ったという趣きの歌である。古今集では、部立の釣合いからであろう、この歌は離別歌に組まれているが、心としてはそこはかとない恋心を含み、艶をもったものである。旅先で偶然出会った女だから、かえってそういう艶めいた情緒が生じてもくるのだし、事実、歌はそういう気分を正確に醸し出し、伝えるべく、序詞の生きた運び方に心をつかっている。上三句がその序詞にあたる。石井の水は浅いから、手ですくって飲もうとするとたちまち濁ってしまう。飽きるまで飲むということができない。この「飽かでも」の語は、同時に、心を残しつつ山中の道を女と別れ別れに歩み去らねばならない男の心をも表わしているわけである。序詞の運びも、単なる飾り程度の序詞ではなく、心によくついていて、言葉全体にある種の緊密な有機的連関のあることが感じられる。俊成はやはり古来風体抄で、「この歌、掬ぶ手のと置けるより、雫に濁る山の井のといひて、飽かでもなどいへる、大方すべて詞ごとのつづき、姿、心、限りなく侍るなるべし。歌の本体はただこの歌なるべし」と最上級の讃辞を送っている。さてそれほどのものか、という感じもするが、技巧をこらしつつ、それに負けていない点に、貫之の感性のよさ、力量を認めるべきだろう。

技巧のことを言いだしたら、きりがない。尾上柴舟のように、貫之を何はともあれ徹底した「技巧家」と断ずるところから、一冊の貫之評釈を始め、最後まで、貫之の歌の技巧の分析で貫き通した評家もいる。柴舟のそういう立場には、それなりに徹したものがあるといえばいえるが、ある歌のどの語とどの語が対照の技法により、どの語とどの語が縁語をなしているといった類の追求は、結局のところ、ピンの歌をもキリの歌をも技法の次元で等価に扱うことになり、歌の「艶」も「あはれ」も、しばしばそこから洩れてしまう欠点を持つだろう。

少なくとも貫之の歌は、そういう観点から分析するのみで足りるものではない。もちろん彼の歌には、俊成や定家の深味や幽玄味は乏しい。乏しい理由の第一が、貫之自身の資質にあったことは、彼よりも半世紀前の在原業平はいわずもがなのこと、古今撰者の紀友則や凡河内躬恒の歌とくらべても、おそらく言いうることだが、それと同時に、やはり漢詩文全盛の国風暗黒時代を脱して、やまとうたを延喜の文華の中心に一挙に据えようとする、ほとんど文化の革命の気負いさえもっていたにちがいない運動の第一の推進者として、漢詩に拮抗できる和歌の体を、非個人的で公的な、つまり「晴れ」の体と狙い定め、それの確立に力を尽した貫之の立場からも、それは来ていたであろう。そういうことを思うので、とりわけ彼の自撰本にえらばれた歌に興味をそそられることにもなる、ということはすでに書いた通りである。

こういう点に関わりがあることだが、やまとことばの長所を、貫之の歌を引きつつ論じた吉川幸次郎氏の「国語の長所」というエッセーがあるのでここでふれておきたい。

春たちける日よめる

袖ひぢてむすびし水のこほれるを春立つけふの風やとくらん　（古今集二）

古今集開巻劈頭におかれた立春の歌である。古今集一番の、子規の罵倒で有名になった在原元方の「年の内に春は来にけり一年《ひととせ》を去年《こぞ》とやいはむ今年とやいはむ」は、旧暦で例外的に立春が新年と重ならず、旧年中に暦の上では立春になってしまったときの、年内の余日を前にしての、当時の人々には新鮮だった暦の知識に基づくとまどいを、迎春の慶びの心をこめて歌ったものなので、実際には二番の貫之の歌をもって、古今集の四季は開始されるといってもいいわけである（そのことは逆に、いかに古今集の撰者たちが、四季の推移を理念化し、序列化することに情熱を傾けたかを証すものでもあろう。彼らは新年立春の歌をもって巻を開いてもよかったのだ。しかし、旧年中に春が立つ例外的な日をも拾いあげずにはすまなかった。なぜなら、彼らは、季節という無形の流動する自然に形を与え、それの移りゆきの微妙な諸段階に、いわばそれぞれの名を与えることによって、現在生きているみずからの生命を確かめ豊かにするという歓びを持つことができたからである）。

季節の細分化、それによる生命の実感の濃密化ということは、それが日本人のいわゆる「季節感」の伝統を形成する基礎となったという点からしても、注目すべき試みであった。もちろん、すでに中国に先蹤はあった。貫之の右の歌にしても、礼記月令篇の迎春の記述、孟春之月、東風解レ氷にヒントを得て作られたものというのが定説となっている。けれども、中国人が年間の季節をこまかに分類したとき、そこで主導的だった動機は、私の想像では、季節の推移そのものへの敏感な感情移入的反応という点よりは、むしろ、もろもろの儀式儀礼行事の整然たる配列の必要という点にあったのではなかろうか。これは素人考えにすぎないが、中国の詩文を読んで得る実感の中には、日本の詩歌におけるような、肌に繊細にしみてくる季節感との感情移入的一体化の感じはあまりない。

私のこういう観察からすれば、貫之ら古今集の撰者は、はっきり自覚していたかどうかは別として、ここでも、中国の先蹤にならいつつ、内面的な質感としては非常に違う季節の細分化と命名の作業をやったのである。そこには、儀式や儀礼や行事を主にした季節の分類も当然含まれるが、その場合でも、彼らはそれを、情趣の世界に統一して、集の中に組み入れているのである。

さて、吉川幸次郎氏のエッセーは、まだ台湾が日本統治下にあった戦中のある日、台湾出身のある学生に対して日本語を学ぶことの長所を説いた、その骨子を語ったものである。紀貫之の右の歌を例にあげつつ、吉川氏は学生に、「この歌が歌っているだけのことを、このとおりの構造で、ほかのことばにいいかえることが出来ますか」と問いかける。たとえば「袖ひぢてむすびし水」ということを、この通りにいいかえることができるか。西洋の言葉ではおそらく不可能だろう。that とか which を使って（あるいは略してもいいが）、いつか袖をぬらしてむすんだところの水、という風にいうほかあるまい。

ところで、そうしたいい方と、「袖ひぢてむすびし水」との間には、一つの距離があります。「袖ひぢてむすびし水」といえば、袖をぬらしつつむすんだかつての日の影像は、水そのものの中に映っているように感ぜられます。そうして春立つきょうの風に、氷からとけてまた水になった水がほかならぬかつての日の水であることが、最も密接な形で指示されていると感じます。ところが西洋の言葉のように、袖ひぢてむすんだとこのその水、といったふうないい方ならば、袖ひぢてむすんだ日の影像は、眼前の水の中には宿らずして、むしろその向うに認められる。つまり水というものを媒介として、そのこちら側に今日の風景があり、その向う側にかつての日の風景があるという風に、感ずるのです。

吉川氏がここで説いていることは、事の順序をいちいち論理的に整序して語る西洋のことばでは伝えることのできない、時間の集中的な重ね合せ、融合の感覚が、日本語では、語そのものの構造からして可能であるということであり、つまり言語そのものの「結びつきの意欲」において、日本語はいちじるしく立ちまさっているということである。

日本の詩歌が、いわゆるテニヲハを手足の関節のように敏感柔軟に駆使することで成立ってきたことは、膠着語である日本語の本質から来る特長だったが、影像と影像を一つに融け合せて、暗示性に富んだ小世界を作りあげるという特性も、ここから必然的に生じたといえるだろう。さらに、同じ音をもちながら意味の異る語がたくさんあるという、日本語のもう一つの特性も、暗示的な詩歌の発生、発達を大いに促すことに貢献した。

さくら花散りぬる風のなごりには水なき空に波ぞ立ちける　（古今集八九）

延喜十三年三月十三日亭子院歌合に出された貫之のこの歌など、今いった特性をみごとに生かした作だといえるだろう。「なごり」は「名残《なご》り」であると同時に「余波《なごり》」である。この、もともとは語源を共有し、影像としても互いに惹き合うところをもっている二つの語が、一つに融け合って一首のかなめの位置に置かれる。一首全体は、この微動する一語の周囲にゆらめいていて、何度読みかえしても、かっちりした「像」が眼底に結ばれるという感じはない。風に散り遅れた桜花の幾ひらかが、水なき空の波の引きぎわにちらちらとさまよっている、その影像さえ、ともすればふと見えなくなって、あとにはゆらめいている心の昂ぶりの、その痕跡だけが、名残りの余韻を引いていつまでも棚引いているという感じである。

妙なことを書くようだが、私はこの貫之の歌を時折り思い起すたびに、ほとんど常に、「さくら花散りぬる」とまで出て、あとの「風」「水」「空」「波」が順不同に浮かびあがってき、一首をすらすらと間違いなく詠むことが困難になるという経験をくりかえしている。「風のなごり」だったのか、「空のなごり」だったのか。「波なき空」だったか、「水なき波」だったか。そんな風に言葉を入れ替え入れ替えしているうちに、一首の読みはますます混乱してしまう。しかし、この混乱はたぶん理由のないことではない。「風」「水」「空」「波」が、互いに通じ合う性質を分かちもった自然現象であるがための混同ということも考えねばならないが、それ以上に、「ぬる」「には」「に」「ぞ」「ける」のようなテニヲハが、この一首では主役をつとめていて、それらの屈折に富んだ出没と響き合いが、歌全体の流動状態をたかめていることを指摘しなければならない。

こういうことは、多かれ少なかれ日本の詩歌全体の特質の一つと言い得るものだが、とりわけ古今集時代にそれが著しいように思われる。そこでは、名詞や動詞の働きが深く隠れたものとなり、代りに形容詞やとくに助詞、助動詞、副詞が、千変万化といった趣きで活動している。テニヲハの魔力というものによって、古今集の歌の魅力は大きく左右されているのであり、仮に日本の詩歌を外国語に訳すことを試みた場合、まず絶望的に困難なのも、この時代の和歌だということになるだろう。

律令制の崩壊、藤原摂関政治の定着、強化という事態にともなって、官吏登用の途はとざされてゆき、漢詩文の才によって抜群の出世をするという可能性もうばわれてゆくにつれ、漢詩文への熱意が薄れ、かわって和歌が甦ってきたことについては、すでに見た通りである。この新しい状況と歌合の隆盛とが重なっていたことは注目してよい。というのも、歌合には当代の才媛たちがかなりの数参加しているからで、そのことはひるがえって、女たちの文字、すなわち「女手《おんなで》」と通称された略体漢字、というよりも、むしろ平仮名にきわめて近い「草仮名」の一層簡略化された文字が、彼女らを通じて宮廷の催しの中核部に侵入していったことを意味していよう。古今集は、そのようにしてすでに公式のものになりつつあった平仮名を、仮りのかな文字（仮名とは本来こういう意味なのだ）から、公式の文字として決定的に位置づけたのである。

漢字漢文を借りて書くという上代知識人たちの筆記法が、仮名書きという革命によってゆさぶられはじめたとき、人々はこの仮名というみずからの発明に、どんなに大きな驚異と新鮮さを感じたことだろう。筆記法の変化は、当然、筆書される際の語法全体の変化を意味していた。いや、変化というよりは、日常用いているやまとことばの語法に、より忠実な筆記法への接近というべきだったが、人々は自分たちの日常の語法に、より密着した筆記法によって、感情の微細な屈折のひだひだに分け入ってゆくことができるようになったことを、目のさめるように新鮮な出来事として迎えたにちがいない。その際に、最も注目されたのは、何といっても、漢文を用いて書く際にはあまり明瞭に意識にのぼらなかったにちがいない日本語の属性、つまりテニヲハの働きというものであっただろう。

テニヲハはもともと漢文の訳読にあたって発明された記号「ヲコト点」に由来するものである。のちには送り仮名をつけて読むようになった漢文だが、それ以前は、文字の四方、四隅、中央などに点を付けて訳読した。「人」という字の左肩に点がつけてあれば「人ニ」、右肩にあれば「人ヲ」、右脚下にあれば「人ハ」という具合に、点という記号のうたれている位置によって訓読しわけたのである。当初は仏典や漢籍を速く読む必要にせまられての、しかし創意あるりっぱな発明であった。点は総計十、すなわち、文字の右列には、上から下へ、ヲ、コト、ト、ハの四訓語が位置し、中央にはム、ノ、ス、左列にはニ、カ、テの三訓語ずつが位置する。右肩の二つをとって、この記号をヲコト点と総称した。訓点とか返り点とかいう言葉もここから出たものだ。そして、四隅の訓語を、左脚下から、時計の針の進む方向に、左肩、右肩、右脚下とたどると、テ、ニ、ヲ、ハとなり、ここからテニヲハ、あるいは略してテニハという名称が生れたわけである。それは右の十文字を指すだけでなく、助詞、助動詞、接尾語に用言の語尾をも含めた語の一般的名称だが、「言語ノ中間ニ居テ、上下ノ語ヲ承接シテ、種種ノ意義ヲ達セシムル語ナリ」(「言海」)という説明は、テニヲハの働きについて簡潔に語っている。

これら「言語ノ中間ニ居」る語は、漢文を用いず仮名書きで文章を書くようになったときに、はっきりと、やまとことばの独自の属性として意識されるようになっただろう。それらのほんの僅かな変化が、文の姿全体に及ぼす変形作用は、古今集時代の人々には、小さくない発見だっただろうと思われる。万葉集の歌にくらべて、古今集の歌では助詞の占める割合が驚くほど増していることは、そういうことと切離しては考えられないだろうと思う。岩波版日本古典文学大系の『古今和歌集』解説の中で滝沢貞夫氏が明らかにしているところによると、万葉・古今・新古今それぞれの、歌数一〇〇首における助詞の数は、平均、万葉集三四二・二、古今集五四二・三、新古今集五二七・二であるという。つまり、古今・新古今には「助詞が刮目すべきほど数多く使われていて、体言が多くなって、とかく文節関係の締りが失われやすい文体に、玉を貫く緒のような働きをし、流麗婉転・曲折微妙の趣を醸成していると考えられる」。助詞のみではない。体言についても、古今集にはいちじるしい特徴がある。つまり、単に数だけをとってみるなら、古今集では万葉集にくらべて体言の数が増しているとはいえ、その種類についていえば、かえって減少しているのである。滝沢氏の説明を借りれば、「古今集の体言は三集の中で最もその種類が少ない。したがって同じ体言が何度も使われ、万葉集の場合から見ると孤語が著しく減少している。これは古今集の歌の対象とする範囲が限られてきた結果であると思われる。そして『事・物・人』などの抽象名詞が、歌数の割合からみて万葉の二乃至三倍も多く使われており、『陸奥にありといふなる名取川なき名取りてはくるしかりけり』のごとく歌枕や序詞の一部に用いられている。対象を具体的にさし示す代名詞は万葉集に較べ古今集は著しく軽減している点などに具象性を欠いた古今風の特徴がうかがわれる。古今集の名詞を万葉集と比較すると、およそ三百語は万葉に用例を見ないものであるが、その中には『うたたね・きぬぎぬ・桜色・手枕』など優美な用語が大半を占め、それが複合名詞である事が知られる。この現象は、事細かに生活や感情を表現しようとする意図のあらわれと解せられよう」。体言そのものが、具体的、端的に事物を示すよりは、事物にむかってゆく意識の動きをも暗示的に含みつつ、情緒化された事物を示すという傾向をもっていることがわかる。

一語一語の単独の印象よりは、語の連りそのものから生じるある音楽的な持続する流れの感覚が、古今集の特性なのだということが、そこに用いられている語の品詞の分析からも明らかとなるわけで、一首の歌が生みだす影像も、ある完結的な性質をもった「像」として結ばれるのではなく、むしろ意識の流れそのものとしてあらわれてくるように思われる。古今集の歌が、目で読むよりは、耳で聞いた方が際やかな印象を与えるという、ためしてみればだれにも感じとりうるであろう性格をもっているというのも、ここから生じる一つの結果だろう。そのことは、今引いた貫之の

さくら花散りぬる風のなごりには水なき空に波ぞ立ちける

を、新古今集の代表的な名歌、藤原定家の

春の夜の夢の浮橋とだえして嶺にわかるる横雲の空

と並べてみても、ただちに了解されるところだろう。定家の歌が、源氏物語によって掻きたてられていたであろう当代のロマネスク趣味の抒情性、耽美性を、艶麗な視覚的形象のうちに、かっちりと、いわば静態的に、豪華に定着しているのに対し、貫之の歌は、さきにもいったように、流動しつづけ、ひたすら「像」を結ぶことを拒もうとしているかにみえる。風も水も空も波も、すべてが具体的であるよりは抽象的であり、いわば意識の流れ

の一瞬ごとの仮象にすぎないという印象である。そのために、交換可能な一種の等価性が、それぞれのあいだに生じているという感じが生れる。この歌を想い起そうとしても語の正確な位置が定めがたいという私の経験も、おそらくそういうことに起因しているのだ。

漢字、漢文の借用ということからの相対的独立が、仮名文字の発明使用によって達せられたとき、右のような新しい文体上の発見があっただろう。古今集は宮廷人の詞華集であるということから、そこには万葉集にくらべて著しい生活空間の狭まりがあり、感情の振幅の乏しさがあって、その点での見劣りは覆うべくもない。しかし、今見てきたような、テニヲハの霊妙な働きに対する敏活で繊細な関心、その洗練された使用ということは、いわばそういう欠陥を補うに足る新しい性質を日本語に賦与した古今集の注目すべき手柄だったのである。私はここで、吉川氏のエッセーに戻ってみよう。廻り道がいささか長すぎたが、右に見た事柄は、吉川氏のエッセーの内容と決してかけ離れたものではなかったのである。吉川氏は、台湾からの留学生に対して言葉を続ける。

「袖ひぢて」の歌を西洋の言葉でそっくり言いかえることは不可能でも、中国語ならそれはできると、一応はいえるかもしれない、と。

いかにもそうです。「袖ひぢてむすびし水」を、そのままの順序で、「蘸着袖子掬着的水」といえましょうし、「春たつけふ」を「立春的今天」ということができましょう。

しかし注意すべきことは、「掬着的」「立春的」と「的」deの字を添えねばならぬことです。そこにやはり、一つの開きがあります。そればかりではありません。一たい、こうした中国語は、中国語の形として、最も安定したものですか。こうしたいい方で、この歌の全部をいい貫けますか。最も安定した形の中国語にこの歌を移そうとすれば、

　記曽沾双袖　臨流濺濺弄
　今日春又回　東風乃解凍

　記すかつて双袖を沾《うる》おして
　流れに臨みて濺濺と弄びぬ
　今日春また回《かえ》りて
　東風の乃《いま》し凍れるを解く

という風なことになりましょう。ところで中国語はこの訳にも現われているように、事態をはなればなれに指摘し、しかも離れ離れに指摘した事態と事態との間の関係は、言葉の表には表わさずして、単に暗示に止めるという傾向にあります。「流れに臨んで濺濺と弄んだ」水と、「東風が乃《いま》し凍れるを解く」水とが、同一の水であるという関係、またその「凍れるを解く」東風が、春回《かえ》った日の東風であるという関係は、決して言葉の表面には表われていません。すべて暗示にたよっているわけです。（中略）ところで

中国語のように、ものとものとの関係を、明示せずに暗示する方法は、that とか which で結びつける西洋語よりも、もう一層むすびつきの意欲に乏しいものといえます。むろん中国語にも、そうした結びつきの意欲が全然ないわけでは、もとよりありません。「的」de という風な言葉の存在は、結びつきの意欲を示すものです。しかしそうした意欲が国語よりも弱いということは出来ましょう。要するに「袖ひぢてむすびし水のこほれるを春たつけふの風やとくらん」ということを、ここまで密接にくっつけて一息にいい下す方法は、西洋にもなく、中国にもなく、国語にだけ許された性質のようです。吉川氏はさらに、たまたま北京から送られてきた雑誌に載っていた徐白林訳の芭蕉の句をも引用している。たとえば、「物いへば唇寒し秋の風」は「秋風撲面吹，欲語覚唇寒。」であり、「酒のめばいとど寝られね夜の雪」は「酒酔後，更難成寐，寒夜白雪飛。」である。「もとの句は、みな一息に結びつけていっているものを、中国語にすれば、二つに折れ、三つに折れざるを得ないのです。」

この例は、六朝詩と古今集との間の影響関係を指摘した小西甚一氏の論文を想い起させる。あそこでは、主として技法の面での六朝詩からの明らかな影響が指摘されていたが、そのようにして技法として抽出された場合には明らかに影響を受けたことがわかるにもかかわらず、古今集の歌が、全体として、漢詩とはまるで肌合のちがう詩的肉体を持っていると感じられる理由が、吉川氏のエッセーにおのずと語られているように思われる。

貫之は古今集仮名序で、漢詩に代る権威を和歌に賦与するため、必要以上に虚勢を張ることをもやっている。「そもそも、うたのさま、むつなり。からのうたにも、かくぞあるべき」といって、「そへうた」「かぞへうた」以下、全部で六種類の歌の体につき、実例をあげて説いているのなどがその例である。和歌の種類、または修辞的特性を六つにわけることには、何の必然的根拠もない。これは実際には、詩経の子夏の序に「詩有リ二六義一」として、風、賦、比、興、雅、頌の六義をあげているのを敷き写しにしただけのものである。しかし貫之は、そんなことはおくびにも出さず、かえって、「唐の歌にもかくぞあるべき」と、和歌の方が指導的立場にあるかのごとくに書いている。こういうところは、むしろ微笑ましいほどの、国風振興への情熱というべきであろうが、貫之や古今集の撰者たち、いやそれにもまして、古今集勅撰の中心的存在であった宇多上皇および醍醐天皇の、仮名文字による新興文芸に対する支持の意気込みが、そういうところにさえうかがわれたといってよいのである。古今集には、そういう問題、そういう背景があったことを見のがしてはならないのであり、貫之の仕事も、そういう問題意識、そういう背景の前に置いて眺める必要があるのである。

私はこの章のはじめに、「詩語」とか「詩的言語」というものが詩人たちによって自覚され意識されるのは、語と語が重なり合い、関係づけられるときに生れる感興、刺戟、連想の強化促進に、詩人たちが新鮮な発見を感じたときからではなかったか、という考えをしるした。

今ようやく、その問題に立ちかえることができる。これこそ、実は、貫之が書いたとされる古今集仮名序が、まず考えさせる問題でもあったのである。今まで見てきたところからも明らかになったと思われる事実だが、語と語がたがいに映発しあうことによって生じる言葉の驚異へのいちじるしい関心というものが、このころに、必ずや生じていただろう。そこでは、言葉のある種の霊妙な組合せ、構成というものを通じて、結局のところあらゆる自然界の現象を歌にうたいうるという信念が生じただろう。「やまとうたは、ひとのこゝろをたねとして、よろづのことの葉とぞなれりける」という仮名序冒頭の有名な書き出しは、そういう信念を背景にして書かれているだろう。（この一節は、「よろづの、ことの葉とぞなれりける」と読むべきものだというのが寺田透氏の説で、そう読むなら、この一節には、一切の事象が、人の心を結晶核として言語化されうるという信念が語られているということになろう。私もこの読み方を支持する。なぜなら、のちに俊成が古来風体抄で、そういう解釈のもとにこの部分を引いているらしいのを見るからである。）

いずれにせよ、「ひとのこゝろ」という無形のものが、にもかかわらず創造の中心にあるのだ、という自覚そのものが、すでに注目すべきものだった。その心の働きを通じて、古代的な呪力を帯びた言葉に代り、人間の地平線に、人間の玄妙な認識・創造能力を証しする新しい種類の言葉が姿を現わす。詩は、魔界あるいは他界からの訪れのようにではなく、人間の認識の拡大延長の自証として、あらためて注視の対象となり、多かれ少なかれ専門家的な自負と能力をもった、貫之のような詩人たちによって、前方へ運ばれてゆく。

やまとうたは、ひとのこゝろをたねとして、よろづのことの葉とぞなれりける。世中にある人、ことわざしげきものなれば、心におもふことを、見るもの、きくものにつけて、いひいだせるなり。花になくうぐひす、みづにすむかはづのこゑをきけば、いきとしいけるもの、いづれかうたをよまざりける。ちからをもいれずして、あめつちをうごかし、めに見えぬ鬼神をも、あはれとおもはせ、お《(を)》とこ女のなかをもやはらげ、たけきものゝふのこゝろをも、なぐさむるは哥なり。

ドナルド・キーン氏がこの一節について、「貫之は詩には超自然的な存在を動かす力があると説いていて、これは欧米で超自然的な存在が、その霊感に動かされた詩人を通して語るのだと信じられて来たことの反対である。日本人は、その国にある他のすべてのものと同様に、詩も神々から生れたものだと初めは考えていたかも知れないが、日本の詩人はかつてその仕事の上で、神々に助けを求めなかった。詩にどれだけ不思議な力があることになっていても、詩を書くのは人間の力だけで出来ることと考えられていたのである」(『日本の文学』、吉田健一訳)と言っているのは示唆に富んだ指摘だが、私はそれに加えて、「ちからをもいれずして、あめつちをうごかし」とある部分に注目する。言葉の小天地が、優にこの「あめつち」という大天地と釣り合い、それの根源を揺り動かすことさえできるという思想がそこでは語られている。あらゆる事物の象徴であるところの言葉というものがつくりだす別天地の独自性、重要性が、貫之にははっきりと認識されていたと見てよいだろう。

この思想は、キーン氏が「欧米の読者の興味を惹かずにはおかないこと」としてあげている日本の詩の諸特質の筆頭にあげているものでもあった。なるほど、詩というものを、超自然的存在に霊感を吹きこまれた特殊な人間の口を通して語られる、超自然そのものの意思あるいは声、という風な考えに慣れている欧米の読者には、こういう思想は興味あるものかもしれない。

日本人の思想が超越性、反自然性、非妥協的原理性といった性質に馴染みにくく、中国あるいは欧米からの思想の移植においても、そういう原理的な要素をわが身の背丈にあわせて変改した上で吸収するという一貫した傾向を保ってきたことについては、すでに多くの人々が語ったところだ。事実、貫之が古今集仮名序で展開した和歌論など、日本における最も早いその種の事例のひとつと見なすこともできるのである。そこには、いわば日本人の思想における抜きがたい、そして度しがたい自然性原理ともいうべきものが、一木一草の揺らぎにも感情移入しうる高度に洗練されたアニミズムという形で主張されている。だいたい、超越性、反自然性、非妥協的原理性といった諸特質は、明確な論理性に貫かれた自律的な思考なしには成立しないものだ。そこには文明性の原理がある。貫之の考え方にみられるような日本人の自然観は、そういう意味での文明性とはまるで異質な場でも成立しうる洗練された文化があるということ、その成立根拠と可能性を示しているともいえるのである。

津田左右吉は、日本人が、中国思想の不断の影響を受けながらも、その影響にずぶ濡れになることからいかにうまく身をかわしてきたかについて、「日本に於ける支那思想移植史」の中で説得的に論じている。津田左右吉の論点の一つは、日本人が古代から久しい間中国文化を驚異の眼で仰ぎ、及ぶかぎりそのすべてを学ぼうとしてきたにもかかわらず、中国思想は日本人の生活には「さしたる関係が無かつた」こと、つまり、「現実の支那及び支那人とは殆ど交渉するところが無くして独自の生活、独自の歴史を展開し、時の経つと共に漸次独自の文化を創造して来た」ことを明らかにするところにあり、もう一つの論点は、「それでありながら、知識社会の知識としては、何時の世にも支那の古典から与へられる同じ思想を同じやうに尊尚しそれをすべての準則としてゐたことは不思議とすべきである」というところにあった。つまり、日本の「知識社会」が、民衆よりもかえって自主的創造性に乏しいことを論証するのが、津田左右吉の論の重要な目標だったのである。

この論文にはまた次のような指摘がある。

隠逸の思想と結びついてゐる風月の趣味も、また早くから知識として日本人に知られてはゐたが、万葉の花鳥の翫賞も平安朝文学のそれも、其の情趣は支那人のとは全く違つたものであつた。日本人に愛好せられたものは世外の風月では無くして、人間生活の一面として、もしくは其の背景としての花鳥であつた。平安朝末になると、心あるものが現実の生活に興味を失ふやうになつた時勢と仏教的厭世観との影響によつて、西行に於いて見られる如く花月の愛翫にも幾らかの変つた態度が生じたが、それとても過去の長い間に精錬せられた特殊の趣味が基調をなしてゐるので、支那的風月観とは同じで無い。さうしてそれがこれから後の日本人の伝統的趣味となつた。（中略）さうして日本人の伝統的趣味は蕉風の俳諧に於いて新しい情致を加へて来たが、芭蕉が李杜や東坡を口にしてゐたに拘はらず、彼の所謂風雅の境地は支那人には存在しないものであつて、それは彼の風狂の生活が支那式隠逸で無いのと同じである。

ここで、日本人の風月観が、「世外の風月」ではなく、「人間生活の一面として、もしくは其の背景としての花鳥」の翫賞を本質としたとされているのは、当面の話題である貫之の和歌観にもそのまま当てはまるものであろう。

なぜ、日本人にこういう特性が生じたかについては、さまざまな観察がありうるだろう。石田英一郎は日本文化の性格を規定した二大要因として、日本のおかれた地理歴史的条件の特殊性と、本来の意味での牧畜生活の欠如した植物的な自然性とをあげているが、比較文化論の視点から見たこの二つの特徴は、どうやら動かしがたいものと感じられる。

石田氏は、日本人が中華大帝国の文明を渇仰の眼をもって見ながら、かの宦官や宮刑の制度は全く受け入れなかったことに着目し、宦官や宮刑の制度は、もとアジア大陸の牧畜技術の一環として発明された家畜の去勢の知識が文明国の宮廷生活に応用されたものだという説をたて、大陸文化におけるそういう牧畜的要素を、対馬海峡を境として完全にしめ出しているところに、日本文化の農耕的特性を見た。また、漢和辞典をひもといて、牛や羊の扁やつくりをもった文字のおびただしさに、彼我の文化の質の違いを見うるとも指摘している。主婦権が、日本では杓子であらわされるのに、中国では、西洋と同様に鍵をシンボルとする——主婦は「帯鑰匙的《タイヤオシーデ》」（鍵をもつ人）とよばれる——ことや、中国・西洋では服制が騎馬民族系統の筒袖の上衣とズボンを基本とするのに対し、日本では南方的な農耕文化の系統に属する寛闊な和服を着用してきたことなどにも注意をうながしている。

石田氏はそれらの指摘を背景に、中国の諸地方にあれだけの信徒をつくった西域のイスラム教が日本に伝わらなかったこと、中国や西洋に古代から発達をとげた論理学や弁論の術が、日本の土壌にはついに生育しなかった事実についてふれながら、「日本文化のエトスには、これらの要素の受容または自生を妨げる何ものかが内在するもののように見える。キリスト教、イスラム教における唯一絶対の超越神の創造や、儒教における天—天命の摂理の思想に横たわるものは、きわめて透徹した合理主義的な世界像—世界観であった。それが発生的にはアジア大陸の遊牧民系統の文化に属するものであり、宇宙を神々や人間に先だつ所与の存在として前提とする〝南方的〟な農耕民の世界観と対照をなすものであることは、私のかねて論じたところである」と書いた（「日本文化の条件と可能性」）。

これらの学者の説は、当面の対象である貫之のものの考え方について見る場合にも、参考になるといえよう。私は不案内な学問の領域にさまよいこむことはなるべく避けたいが、右に見てきたようないくつかの指摘に加えて、次のようなことも言いうるのではないかと感じる。

すなわち、人間が抱懐する形而上的観念は、一見普遍的にみえる場合でも、必ずそれぞれの民族的あるいは個人的特徴をもっているものだが、とりわけ、ある民族、ある個人がもっている「距離」の尺度、感覚は、その民族あるいは個人のかたちづくる観念の質や形態を本質的に支配するのではないかということである。

草原や砂漠で生活する人間は、「遠さ」の感覚を、対人関係その他諸関係に対する基本的な尺度として持っているにちがいない。遠い者同士のあいだの意思伝達は、まずもって相手の類別、区分を明確にすることから出発せねばならないから、論理性が不可欠のものとなるだろう。意思の交換は、相手との異質性の確認という土台の上でなされるだろう。そして、言うまでもなく、ここでの異質性の極致ともいうべき相手は、絶対者であり、唯一神であり、天であるだろう。

しかし、日本では、元来そういう「遠さ」の感覚が発達するような条件に乏しかった。国土の三分の二以上が森林であり、人間は海岸線や森林の間の盆地に群をなして生きてきた。森林に取りかこまれた狭い土地に、外部から遮断されて集団生活を営むというのが、ここでの基本的な生活形態であったから、人間関係においても「遠さ」の感覚は育つことが困難であり、意思の伝達も、「近さ」を前提にした情緒的で省略語法の多い――わけても、源氏物語などで最初私たちを驚かせるあの主語の省略、主格の朧《おぼ》ろさという特徴のごとき――伝達形式をとる。

こういう「近さ」を前提とする精神風土においては、人間を超えた絶対者への不断の関心が生活習慣の中で維持されるということは、困難で例外的なことであろう。「近さ」を基盤とする生活形態の典型と言ってよい江戸の町が生んだものを考えてみればよい。浮世絵、これが江戸という人口密集都市の生んだ典型的な文化であった。

しかし、日本人のものの考え方が、こういう性格を基本的特徴としてもっているということを認めた上で、なおそこに、時代的な波のあることをもつけ加えておくべきだろう。飛鳥・奈良文化と平安文化とをくらべてみると、そこにはある種の違いが感じられる。強いていえば、前者は牧民的、後者は農耕民的な感じがある。戦国時代から安土・桃山へかけての文化は再び牧民的な感じがあり、それがまたもや農耕民的な徳川時代文化によって交替される。そう見てくれば、当然明治以後の時代は牧民的という想定が出てくるわけだし、事実、そう見てよいような要素は少なくない。明治という時代の申し子であった子規が、平安文化の代表者たる紀貫之を攻撃したのも当然だったということにもなろう。

いずれにしても、人や物の空間的「近さ」という感覚に距離の尺度をもつ精神は、隔絶した絶対者にむかって絶望的な飛躍・挑戦を試みるよりは、神や人間の観念に先立つ与件としての「あめつち」、すなわち自然界ないし宇宙との、親和・融合を、ほとんど本能的に試みようとするだろう。それは自然現象のあらゆる発現、言いかえれば、「季節」そのものを、自己の生命の直接の象徴とさえ見なすに至るであろう。古今集仮名序は、そういう思想を最も早く、最も自覚的に表現した批評であり、宣言であった。

かくてぞ、花をめで、とりをうらやみ、かすみをあはれび、つゆをかなしぶ心、ことばおほく、さまざまになりにける。とを《（ほ）》き所も、いでたつあしもとよりはじまりて、年月をわたり、たかき山も、ふもとのちりひぢよりなりて、あまぐもたなびくまで、おひのぼれるごとくに、このうたも、かくのごとくなるべし。

ここで「とをき所も」云々の一節は、今のべてきた「遠さ」「近さ」の話題と関連させてみることもできそうなところだが、これは白氏文集の白居易の座右銘に「千里始《ハマリ》二足下《ヨリ》一、高山起《ハル》二微塵《ヨリ》一、吾道《ガ》亦《モ》如《シ》レ此《ノ》、行《フコト》レ之《ヲ》貴《ブ》二日《ニ》新《ナルヲ》一」とあるのをそのまま訳したものだという。たしかにそうであろうが、文意は似て、実は大いにちがっている。居易の句は述志である。論理的であって、情趣的な要素をもたない。しかるに貫之の文は、四季の変化に応じて、心・詞（すなわち歌）がさまざまになってきたという前段を承けて、違いところへ行くにも道は足もとから始まるという叙述は一見居易とそっくりだが、ここでは自己自身の意志意欲をのべたものではなく、自然の声そのものであるところの「歌」の歩みを説いたものとなっているのである。したがって、居易の詩句が困難な目標の「遠さ」を意識しているのに対し、貫之の言葉は、歌の遍在に対する、「近さ」の感覚にみちた信頼をのべているわけで、両者の考えは対照的なほどに異っているというべきなのである。

中国詩との差異は、仮名序が宣言している詩法、詩学に関しても見ることができる。そこでは、中国の詩法、詩学が、いわば誤解また曲解されつつ導入されている部分をさえ見ることができるが、誤解、曲解しながらも、それを日本の和歌に適した形に変形し、結局は日本独自の詩歌の創造に利用してしまうという、すでに何度ものべたことが、ここでも行われている点が興味ぶかい。

仮名序が「そもそも、うたのさま、むつなり。からのうたにも、かくぞあるべき。」といって、そへ歌、かぞへ歌、なずらへ歌、たとへ歌、ただごと歌、いはひ歌の六種類を、実例をあげながら論じていることについてはすでにのべた。この六種の類別は、中国の風・賦・比・興・雅・頌の六義を真似たものであることもすでにのべた。だが、漢詩と和歌を、貫之がここでやっているように同列に論じることが、はたして正しいことだったのか。そこに問題があっただろう。

風、すなわち、周代の諸国民謡を指したジャンル（国風も同じ）にぴったり該当するものが和歌には見出せなかったためであろう、仮名序では、風にあたる第一種は「そへ歌」、つまり、なぞらえの歌、譬喩歌とされている。

次の賦は、並ぶの意とされ、辞句を並べて詩にすること、それから物の状態を譬喩を用いずに直叙することを意味するというが、これにあたる仮名序の「かぞへ歌」は、単に「賦」という語の意義を直訳しただけにとどまり、例歌としてあげられた大伴黒主の歌も見当ちがいの歌である。つまり、「かぞへ歌」とは何か日本では理解されていなかったとみるべきだろう。もっとも、例歌は古註の竄入したものかともいうが、本文の主旨には障らない。

第三の「なずらへ歌」、第四の「たとへ歌」は、それぞれ比、興にあたるので、これはいずれも譬喩歌であり、当時の日本の詩人たちにもただちに理解できるものであっただろう。

「ただごと歌」（徒言《ただごと》、平語でありのままをのべた歌という意味だが、仮名序では中国詩の雅にあたるものとして扱っているようだ）、「いはひ歌」（頌にあたる）については、今とくにふれる必要はないが、こうして見てくると、貫之（たち）にとっての歌とは、その本質の大部分が、「譬喩歌」として理解されていたことを知ることができる。香川景樹が、「畢竟、そへ歌も、なずらへうたも、たとへ歌も、みな譬喩の名なれば、いかが解《とき》わくべき、強てかなたの風比興にあてて説《とか》んとすれど、それ又明かに分つべきものならねば、たがひにもとりていよいよ何の事ともしられずなれり」といっているのも、本来漢詩の詩法を移しても当てはまりはしないのに強いてこれを和歌にはめようとした立言に対する、後世の当惑をあらわしたものにほかなるまい。

つまり、貫之（たち）の、和歌革新をめざす詩学は、おおむね、譬喩に対する顕著な関心によって占められていたということが、ここで明らかになる。というよりも、譬喩に関するかぎり、日本の歌もこれを中国に学んでわがものとすることが明らかにできたということである。

注目すべきは、「風」（周代の諸国民謡）および「賦」（事象を、譬喩を用いずに直叙したもの。いわば、正述心緒にあたる詩法）に関して、貫之らが正確な認識を持っていなかったか、それともまるで関心を持たなかったか、いずれにせよ、中国詩本来の意義とは異なる解釈をこれらに与えて怪しまなかったという点である。「いきとしいけるもの、いづれかうたをよまざりける」と高らかに宣言したものの、かれらの認識する「うた」はすでに、民衆のおびただしい歌（風）や、胸からまっすぐに思いを吐露する歌（賦）の世界から遥かに遠ざかっていたのである。

その代りに、譬喩の世界は、かれらの前にいちじるしく比重を増して横たわるにいたった。譬喩は、言葉そのものの形づくる独立した象徴的形象の世界である。かれらの関心は、そこに集中していったが、かれらの生活様態からしても、それはそうならざるを得なかった。

窪田空穂が古今集を貫く根本、第一のものとした享楽・耽美の精神は、詩法においては、この譬喩的世界への傾倒というところに、最も特徴的にあらわれているだろう。それは、具体的な自然や事物にじかに接するよりは、むしろ、自然や事物を、自己の心の譬喩として、つまり「心象」として、さらには、歌という語と同義語といってもいい「心詞」として、扱おうとする。

現実のさまざまな事象も、事柄そのものとしてではなく、それが心にもたらした印象の、いわば綜合的な後味として、ひと呼吸おいて観察され、吸収され、再構成される。たとえば恋も、その成就の絶頂においてではなく、その前後の長い時間の経過においてこそ、じっくりと味われ、「あはれ」と余情によって幾重にも染めかえされて、歌のひとふしとなるのだ。まだ見ぬ恋が、得恋の歓喜よりも遥かに好まれる材料となる。事実、古今集においても、貫之の歌集においても、恋を得て歓喜する万葉的なよろこびの歌はほとんど姿を消している。それは、古今時代の宮廷人たちの生活において、恋愛さえも、いかに情趣化され、美意識のフィルターを通してしか人々の注意をひくものとはなりえなかったかを、まことによく示している。思うに、享楽・耽美の精神とは、眼前の事象を味うのに、その前味と後味をもひっくるめて味う精神の謂いであった。

ここでは当然、ある眼前の事象は、移ろいの相、流転の相のもとに見られることになる。世界は時間性によって染められ、事物は移ろいの中で生滅し、それ自身移ろいの譬喩となる。

しかし、享楽・耽美の精神と、移ろい、流転の世界観とは、決して対立するものではなかった。その究極の合体こそ、たぶん新来の仏教の浄土思想によって保証されていたものではなかろうか。古今集の歌には、全体的に、移ろうものへのしっとりした親近感があるが、同時に、個人的な悲傷の表現を抑制した、一種の明るさが感じられる。それは、悲傷をも情趣としてとらえうる、美意識の秩序によるものでもあろうが、また、案外、浄土思想がもたらしたものもそこに大きく働いているのではないかと思われるのである。

また春のあしたに、花のちるをみ、秋の夕ぐれに、この葉のおつるをきゝ、あるは、としごとにかゞみのかげにみゆる、雪〔白髪のこと〕となみ〔波、すなわち皺〕とをなげき、草の露、水のあわをみて、我身をおどろき、あるは、きのふはさかえを《お》ごりて、時をうしなひ、世にわび、したしかりしもうとくなり、あるは、松山のなみをかけ、野中の水をくみ、秋はぎのしたばをながめ、あか月の、しぎのはねがきをかぞへ、あるは、くれ竹の、うきふしを、人にいひ、よし野川をひきて、世中をうらみきつるに、今はふじの山も、煙たゝずなり、ながらのはしも、つくるなりときく人は、哥にのみぞ、心をなぐさめける。

右の一節にあらわれるさまざまの事物、事象は、実は十数首に及ぶ古今集の歌にからませてあるもので、たとえば「かゞみのかげにみゆる、雪となみとをなげき」とあるのは、古今集四六〇、貫之作の物名歌（「かみやがは」すなわち紙屋川の題による）、「うば玉のわが黒髪やかはるらむ鏡の影にふれる白雪」をふまえている。けれども、そういうことを離れて右の序文の一節を読んでも、自然現象や事物を、心、生命の譬喩として扱っていくという特徴は際立っている。それはいわば、情趣の秩序に根ざす象徴詩の方法の発見だったということができるだろう。かくて、言葉のうちに暗示性という力をはっきり見出し、それを、しかるべき方法を用いてさらに目ざめさせ、強めてゆくということが、こういう発見に引きつづいて生じただろう。

言葉のそのような領域への、一人や二人ではなく、一時代の詩人たち総がかりでの進入ということは、万葉時代には考えられなかった新しい現象であった。万葉の詩人たちのうち、おそらくもっとも繊細な美意識の持主の一人だった大伴家持も、この点に関しては、はっきり別の世界の住人である。それはたとえば、家持の

春の苑くれなゐにほふ桃の花した照る道に出で立つをとめ

を、遍昭の、

あまつかぜ雲のかよひぢ吹きとぢよをとめのすがたしばしとゞめん　（古今集八七二）

と並べてみるだけでも知れることだろう。家持の、万葉集の中ではきわだって繊細にみえる歌が、遍昭の、あえかな、去りゆく影像を現出させている歌のとなりでは、まことに古拙、素朴で丈高い雰囲気を発散するのを見ることができるのだ。

言葉の暗示性、象徴性の開発への、ほとんど運命的といった風な没頭、そこに古今集の新風を生んだ時代の勢いがあったといえるだろう。

あききぬとめにはさやかに見えねども風のおとにぞおどろかれぬる　（古今集一六九）

という藤原敏行の歌のこころは、そのままで、この時代の詩観の表明でもあるかのようだった。

貫之の「袖ひぢてむすびし水のこほれるを春立つけふの風やとくらん」や「さくら花散りぬる風のなごりには水なき空に波ぞ立ちける」が呼吸していたのも、言葉のこうした暗示性、象徴性の空気だったのである。それはまた、テニヲハの有する柔軟繊細な働きへの

開眼という、歴史的に重大な出来事とも深い内的連繫をもつものであった。

五　道真と貫之をめぐる間奏的な一章

「情趣」というものが、その全体に朧ろげな性質にもかかわらず、独立した美的価値となり、時代の感性の形式をも決めてゆき、やがては、もののあはれ、幽玄などと名づけられる繊細きわまる美感に練りあげられていったということは、たぶん、海に囲まれて孤立し、自閉性の強い日本文化に独特の現象であった。

そのような特性が目に見えてはっきりと形成されたのが、平安朝であることには異論はあるまいが、中でも、われらの歌人がその時代の空気に深く浸りつつ成熟していった宇多・醍醐朝は、興味ある位置を占めているように思われる。それは、摂政藤原基経の死から藤原忠平の摂政就任までのあいだ、約四十年にわたって摂関政治が中断した時代である。その間の天皇親政期に古今集勅撰のくわだてがなされたことは、宇多・醍醐両天皇のいちじるしく文化主義的な傾向とも相まって、撰者時代の歌風にある特殊な耽美主義をもたらしたように思われる。貫之にせよ、他の撰者、歌人たちにせよ、下級貴族でありながら和歌の才ゆえに宮中にしかるべき名誉ある地位を保つことができた。それは、藤原という大勢力が席捲しつつある新しい秩序の中で、束の間ゆるされた文人の小春日和の時代であった。そして、貫之に関していえば、彼はその出生からしても、そういう時代を象徴しているようなところがあったのである。

　唐突のようだが、ここで貫之の母なる人について史家の語るところに聞こう。

「貫之の母については全く旧説がない。そこで私は一つの臆測をして見よう。」目崎徳衛氏はこう言って、続群書類従に収められた紀氏系図の一本に「童名は内教坊の阿古久曾《あこくそ》と号す」とあるのを手掛りに、貫之の「母が内教坊に房を持つ伎女か倡女で、貫之はこの女に通った〔紀〕望行との間に生れ、内教坊の中で育ったためではあるまいかと推測」する。

　内教坊は、唐制に倣って少なくとも奈良時代のはじめから宮廷の一角に設置されていた「女楽・踏歌をつかさどるところ」であり、多くの伎女（舞伎をなす女）あるいは倡女（あそび女《め》）がいて、坊町に房を与えられて住み、宮廷の宴会や外客の歓待などさまざまな機会に音楽・舞踊を演じ、また貴族の子女のために出張教授などもしたという。貫之幼名の「久曾」は、童名の下につける愛称だから、阿古久曾はアコチャンというに等しい。目崎氏は、貫之が貴族社会の粋筋に当る教坊の内に生れ、多くの歌姫や踊子たちから「阿古久曾」「阿古久曾」とマスコット的にかわいがられて育ったと推測し、これこそ、後年王朝文化を和風・女性風に転換する立役者となった彼にふさわしいものではないかと空想する。確実な史料がない問題についての一つの文学的仮説だと断った上での推測だが、興味ぶかい仮設である。

宇多・醍醐朝という、風雅を好み、好色追求と恋愛讃美の風が宮廷に瀰漫していた泰平の時代背景を考えてみると、この推測は、仮に確実な史料的根拠がないとしても、相応にありうべき推測だと感じられるのである。

ここで私は、貫之よりおよそ二十七歳年長だったもう一人のすぐれた詩人について語らねばならない。それは、律令制から摂関制への時代の大変化を、みずからの悲劇的運命によって劇的に示すことになった菅原道真にほかならない。

元慶七年（八八三）、つまり、紀貫之が推定十二歳の年、三十九歳の菅原道真は、四月二十七日から五月十一日までの間、京の鴻臚館に滞在した渤海国の大使裴頲《はいてい》を接待した。道真の地位はこの時治部大輔（臨時外務次官にあたる）である。補佐役には、美濃介島田忠臣、文章得業生従八位上紀長谷雄らが当った。裴頲が詩人外交官であったため、両者の交情はきわめてこまやかであり、その間の消息は、菅家文草巻二の道真の詩によってうかがうことができる。ところで、岩波版日本古典文学大系『菅家文草・菅家後集』によって、この刮目すべき平安朝詩人の世界に数多くの光を当てた川口久雄氏が、両詩人の交歓に関連してほどこした註のひとつによると、五月三日の「豊楽殿における客使賜宴には、教坊は女楽を奏進し、妓女実に百四十八人が出て舞った」という。この数は驚くに足る。中国南北朝貴族社会の艶麗頽唐の風に憧れ、近くは嵯峨・仁明朝の風雅な宮廷サロンの再興を念じたといわれる宇多天皇の宮廷の有様が、こういう数字によってもうかがわれるのだが、川口氏の註はさらにつづいていう、「宝亀二年（七七一）の七回目の渤海使節来朝のときには、この妓女が引出物のようにして海を渡り、ついに唐の代宗の大暦十二年（七七七）、渤海国より唐都長安に『日本国の舞女』として十一人が献上されたことが中国の記録にみえるよしである。」

　私たちは、元慶年間に道真や渤海大使の前で舞った舞姫たちの一人に、貫之の母の姿を空想してみることができるであろう。では、当時の舞姫は、どんな姿をし、男たちの目にはどんな風に映る存在だったのか。菅家文草は、官能的、頽廃的な妖艶美にことのほか敏感だった道真の、その方面の資質をうかがわせる作として、教坊の妓女を詠じた詩をいくつも収めている。中には、「双鬟《さうくわん》かつがつ理して春の雲軟かなり　片黛《へんたい》纔《わづ》かに生《な》つて暁の月織《ほそ》し」云々の句を含み、和漢朗詠集妓女の章に異彩を放つ「催粧」の詩もあるが、ここでは別の一つ、巻第二、一四八「春娃《しゅんわ》気力なし」をとって、川口氏の訓読によって示せば、次のようなものである。

紈《しらぎぬ》なす質《かたち》の何為むとてぞ衣《ころも》に勝《た》へざる
謾《いつは》りて言へらく　春の色の腰の囲《めぐ》りに満てりと
残粧《ざんしやう》　自《おのづか》らに珠匣《しゆかふ》を開くにすら嬾《ものう》し
寸歩　還りて粉闈《ふんゐ》を出でむことをだに愁ふ
嬌《こ》びたる眼《まなこ》は波を曽《かさ》ねて風乱れむとす
舞へる身は雪を廻《めぐら》して霽《は》れてもなほし飛べり
花の間に日《ひま》暮れて笙《しやう》の歌断《き》えぬ
遥《はるか》に微なる雲を望みて洞《ほら》の裏《うち》に帰る

平安朝の伎女がおよそどんな様子の女であり、また職であったかを、道真の詩はよく伝えている。

ところで、こういう詩に見られる耽美性は、六朝の艶体・宮体をうけつぎ、初唐の応製綺靡の体をうけついだものといわれるが、それは、宇多院を中心とする寛平期の日本宮廷に、まさに日本的に開花した妖艶美の極致であるといえるだろう。

平たく言ってしまえば、それはもうこれ以上どう動かしようもない芸術至上主義の一極致であって、もし宮廷社会がかかる爛熟のまま永続するとしたら、この種の詩体は、無慚な厚化粧をさらしつつ、死臭をまじえた麝香を薫らせて静かに硬直し、朽ちてゆくほかないものであった。

もっとも、菅原道真の場合は、こういう妖艶美の極致を詠ずるだけでなく、経世済民をむねとする清廉博学の儒家としての慷慨の詩、時勢の詩、自照述懐の詩、日常茶飯の詩、さらに、貫之の場合との関連においてことに面白く思われる宮中内宴の応製（製に応え奉る）の詩、屏風画に題する詩などがあり、そして言うまでもなく、権力の絶頂に達した瞬間に讒によって失脚、太宰府へ追放となって以後二年間の、悲痛な一連の述懐と歎きの詩がある。

すなわち彼は、取材の幅の広さ、諧謔を知るまなざしの皮肉な暖かさ、観察の彫りの深さ、措辞の華麗さまた深刻さ、そして詠歎の真率な透明さにおいて、当代にぬきんでた詩人であった。そして、その生涯の詩業を眺めて、私のようなずぶの素人にとってもまことに興味ぶかく思われるのは、菅家後集におさめられた晩年二年間の太宰府時代の作、あるいは、それ以前にも一時彼に失意の生活を送ることを余儀なくさせた讃岐守転任時代の数年間の作（菅家文草巻三、巻四）が示している、きわめて人間的な肌合いの作風である。川口久雄氏はそれを、妖艶美の対極にある「さびしい平淡美」と評する。それらは、「都の内宴の教坊の舞姫のイメージをうかべてやきつく望郷の感傷を媒介にしながら、南海の風煙を写実的にうたいあげる。あるいは去年の今夜重陽秋思の詩宴の華麗な思い出を媒介にしながら、幽憤断腸の感情を直叙する。四六の虚飾や雕虫の技巧は姿を消し、つぶやきそのものがうち出される。流刑地における悲しい玩具、牢獄からの遺言詩集、真の詩はかくして後集に極まり、日本漢詩はここに至ってはじめて抒情詩の生命の炎をしずかにもえたたせる。」

菅家後集の諸作を読んで私が感じる変化は、川口氏の言葉によって正確に代弁される。それにつけても、わが身の上に突如ふりかかってきた悲劇によって、一人の詩人がいやおうなしに根柢からゆるがされ、おのれの抒情の源泉に我知らず直面するという例は、かの平家没落の前後を生きた歌人建礼門院右京大夫の場合にもあざやかに見てとられるものであった。川口氏が啄木にならって語る形容語をここで借りれば、悲しい玩具としての発想が日本の抒情に占める意味の深さを、あらためて思い知らされるのだ。建礼門院右京大夫という名でしか今日私たちには知られていない女歌人は、名筆藤原行成を祖とする世尊寺流書道宗家の息女であり、こまやかな観察と鋭敏で親切な注意に富んだ書道秘伝書中の古典、夜鶴庭訓抄の著者藤原伊行（行成五代の孫）を父に持つという、学問の家に育った女性であった。伊行はまた源氏物語の最も古い註釈本を著した人でもあったから、のちの建礼門院右京大夫は、幼いときから並み並みならぬ高い教養を身につけさせられていたにちがいない。しかしその彼女の歌集を読むと、平家の滅亡、愛人の死という大事件の前と後では、歌の質に雲泥の差がある。前半は要するに宮廷の歌だ。それはそれなりに才能は示していても、後半の悲痛に漂白された心情の呻き声がもつ、抒情の深さ、透徹ぶりとはまるでちがう。

　道真の詩が、彼の一身上の大変化によって蒙った変化も、そういう点で、ある普遍的な意味あいを持っているように思われるのである。たまたま彼の宮廷詩が技巧と妖艶美の極に達したとき、突如外側からふりかかった破滅的な圧力は、その詩の骨組に、いったん動揺を与えた上で、より単純、より痛切な抒情の新声を、廃墟の真中から立ち昇らせたのだ。それは、詩人の第二の誕生ともいえるものだった。川口氏はこの点に触れつつ、「このような抒情詩的な達成をとげた文学エネルギーは、その後仮名文学に、和歌や日記や物語の世界に、移調されてうけつがれるようである」という示唆的な見解をしるしている。

　これを、一般的な形に言いかえれば、晴れ的なものから褻《け》的なものへ、公的なものから日常的・私的なものへと、詩人のまなざしがいわば重心を沈めてゆくことを通じて、日本の抒情詩はそれ独自の質（シツおよびカタチの両義において）を獲得してきたらしいという、一種法則めいた物言いもできるかもしれない。

中国の詩の成立の条件には、必ずといっていいほど、慷慨の志があるといわれる。吉川幸次郎氏はこの慷慨を、大略「社会的連帯感を中心として、人類の運命に対する感覚である」という風に定義し、花鳥風月を詠ずる場合も、どこかにそれがかげろわないと、中国では詩にならない、しかるにわが国では、すでに懐風藻においてさえ、慷慨の志が詩の中に表現されることはきわめて乏しかった、と指摘する。慷慨の詩は稀れに、しかし反面、中国の詩に乏しい恋愛詩ないしは艶体詩は、文華秀麗集における春閨怨、闘百草のごとき秀作にその早い例を見うるように、きわめて多かったというのが日本の古来の詩の特徴であって、そこで、「恋の歌の多きぞ、みくにの心なりける」(本居宣長)という言葉には深い根拠がある、ということにもなるのである。

このことについては私にもささやかな経験がある。ある大学で、記紀歌謡、万葉集から近代にいたるまでの日本の抒情詩のアンソロジーをテキストに講読した折、テストの答案を見てゆくうちに、答案の終りに追記の形でこんなことを書いている学生があった。なぜ、こんなに恋の歌や詩ばかり並べたものをやるのか、もっと他のものはないのか、と。艶笑詩まがいのものまで含めて、たしかに日本の抒情詩には、仮に教科書のために選んでも、恋のうたが圧倒的に多いのであり、そういうものに一種の反撥を感じて内心憤慨している学生も中にはいるのだろうと気づかされたのだった。

ここで話をもう一度仮名文学の出現というあたりに戻していえば、道真に代表されるような平安漢詩人の、洗練された技巧も極まったころ、政治の世界では、道真のような儒者が重用される律令体制をゆるがすにいたる新たな動向が生じていた。文章の世界と政治の世界と、いずれにも、ある行きづまりの徴候があらわれていた。それは偶然の一致ではなかっただろう。そして、道真は政治と文学のいずれの領域からしてもその時頂点に立っていたのである。そして彼は、政界においては、いわば律令制最後のシンボルとしてクーデタの犠牲となったが、詩歌学問の世界では、追放の悲運と試練を経て甦り、在来の漢詩文の儀式的虚飾を脱した日常的・私的な抒情の世界を、我知らずきりひらいたのである。それは、あたかも、彼よりも一世代遅れてきた貫之らが、漢詩文の絶対的優位を、古今集という仮名文学の撰進事業の成功によってゆるがし、時代を転回させていった過程の、悲劇的トーンに貫かれた前奏であったようにも思われるのである。

こういうことを考え合わせると、貫之が内教坊妓女を母として生れ、幼少年時を教坊に送ったのではないかとする仮設は、なかなか面白いばかりでなく、ある象徴的な意味さえ帯びていると感じられるのだ。それは一面では、公的な晴れの雰囲気を、他面では、女性という新興文化のにない手の最大の取得であった私的な褻《け》の性格を、最もよく一致させ得た場所に、貫之の故郷があったことを意味するだろうからである。貫之が、一方で漢詩界における道真と相似た地位をやまとうたの世界で保ち、晴れの舞台の詩人として文学界を指導しながら、他方土左日記においてはみずからを女に仮托し、女手を用いて書く「日記」という、私的な性格の文章を綴って新しい文学表現の道をひらいたことなども、ここで思い合わすことができるだろう。そもそも、日記の語のもととなった「記」とは、修辞の粋をこらした藻飾儀礼の散文の美文主義を排した、自由闊達な身辺即事の散文であって、唐代散文の新風として生じたジャンルであるという。平仄にとらわれず、声高な議論をきらい、観察にもとづいて事実を坦々と柔軟に叙しながら、笑いや悲哀を折りこんでゆくこのスタイルの好例は、たとえば道真の「書斎記」にみられる。それは自宅の一角にある書斎の来歴から、そこに巣立った百人近い門弟のこと、出入する門人や友人たちの困った癖などをユーモアと皮肉をまじえてみごとに描写しており、まさに土左日記の先蹤と呼ぶに足るものであった。

こういうスタイルは、やがては草子となり、随筆となって、日本の抒情的散文の一根幹をなすに至るものでもある。それらのスタイルの創出過程にみられる特徴は、あたかも真名を草仮名に変えてゆくのと同じ変形作用を、大陸先進文明の思考・表現に加えてゆく、ある一貫した変形的創造という原理であって、吉田兼好がみずからの「記」をつれづれ草と名づけた意識も、また鴨長明が発心集の序に「道のほとりのあだ言の中に、わが一念の発心を楽しむ」と言い、「雲をとり、風を結べる如し」と言った意識も、この伝統につらなるものであったろう。道のほとりのあだごとが、すなわち草というものにほかならなかった。

貫之の仕事を全体として眺めるなら、彼がこういう歴史の展開の出発点、あるいは少なくともその縁辺にあって、ひとたびは古今集撰進の中心として、とりわけ仮名序の作者として、再びは土左日記の作者として、歴史的な意味をもつ仕事をしてのけたということを、否定すべくもないのである。

ところで、私は道真、貫之という、宇多・醍醐朝の二人の代表的詩人のかかわりについて、なお一、二の思いつきを、彼らの作品にふれつつ語ってみたい。

道真の劇的な失脚の時、貫之は推定三十歳である。それより以前の貫之の事蹟で明らかなものはごく少ない。寛平五年（推定二十二歳）に、新撰万葉集に作品が採られている。ほぼ同じ時期、ないしやや以前に、寛平御時后宮歌合、および是貞親王家歌合という、いずれも現存最古の歌合に属するものに貫之の歌がみえる。前者には

春の野に若菜摘まむと来しわれを散りかふ花に道はまがひぬ　（九二〇。古今集に収む）
夏の夜の臥《ふ》すかとすれば時鳥《ほととぎす》鳴く一声に明くる東雲《しののめ》　（九二二。古今集に収む）

秋の夜の雨と聞えてふりつるは風に散り来る紅葉なりけり　（九三。拾遺集に収む）

吹く風と谷の水としなかりせば深山がくれの花を見ましや　（九四。古今集に収む）

など計五首があり、後者には

秋の夜に雁かも鳴きて渡るなるわが思ふ人の言伝てやせる　（九五。後撰集に収む）

ひとりしも秋にあかなく世の中の悲しきことをもてなやむらむ　（九六）

の二首がある。通観して、若さが匂っている。素朴さと同時に拙なさもある。「春の野に若菜摘まむと」の歌は、のち古今集賀歌に収められる在原業平の、太政大臣藤原基経の四十の賀の歌、

さくら花散りかひくもれ老いらくの来むといふなる道まがふがに　（古今集三四九）

に想を得たのではないかと思われるが、調べは、業平の一種妖気さえ漂う強い調べにくらべれば、いかにもひよわである。しかし、二十歳そこそこの貫之の、ナイーヴな歌い口は微笑ましい。あくどい厭味のないのは、この人の歌の終生の特徴であった。注意されるのは、是貞親王家歌合の二首が恋の心を歌っている点であって、「秋の夜に雁かも鳴きて」

の歌は、後撰集では「越の方に思ふ人侍りける時に」との詞書がある。中国の「雁信」、つまり蘇武の雁の使の故事成語にひっかけて、越路にある人（女ともとれるし、親しい友人で地方官にでもなって下った者ともよめる）への思いを歌ったものだが、とりたてて才能の閃きを感じさせるものともいえない。一方「ひとりしも秋にあかなく」の歌は、「秋」と「飽き」を掛けていることはいうまでもなかろう。一首、恋に恋するごとき青年の、いつも満ち足りない憧れ心を、その情趣に重点をおいて歌ったものと読めるが、「秋の夜に」の歌とこれとをつないで眺めると、憧れ心をたえず抱きつつ、心中に一種憂鬱な情熱をたたえている、ナイーヴで育ちのいい青年の姿が浮かびあがるようである。

おそらく、華やかな宇多朝宮廷文壇に登場した当時の貫之は、そういう青年だったであろう。

昌泰元年、推定二十七歳の時には、亭子院女郎花合に作歌し、またこの歳前後に、自宅で「三月三日紀師匠曲水宴」と称せられている曲水宴を催し、躬恒《みつね》、伊衡《これひら》、友則、藤原興風、大江千里、坂上是則、壬生忠岑および貫之という、当代代表歌人八人による競詠をおこなっている。

亭子院女郎花合の歌は

誰が秋にあらぬものゆゑ女郎花《をみなへし》など色にいでてまだき移ろふ　（九三六。古今集に収む）

小倉山峯たちならし鳴く鹿の経にけむ秋を知る人ぞなき　（九三七。古今集に収む）

の二首である。「誰が秋に」の歌については、すでに第二章で語ったが、「小倉山峯たちならし鳴く鹿の」の歌についていえば、古今集の詞書に「朱雀院の女郎花合のときに、をみなへしといふ五文字を句の頭におきてよめる」とある。つまり、あの業平の「唐衣きつつなれにし妻しあればはるばる来ぬる旅をしぞ思ふ」が「かきつばた」を句の頭に置いていたのと同じ、折句の物名歌である。すでに貫之が、この手の技巧的なジャンルで力量を発揮しはじめていたことを感じさせる、一種の調子の張りがある。

三月三日曲水宴は、八人の歌人が「花浮春水」「燈懸水際明」「月入花灘暗」という三つの題によって一首ずつ詠作したものである。曲水に浮かべた盃が、上流から自分の前まで流れてくる間に歌をよむという趣向は、いうまでもなく中国の風習にならったものだが、八人の作の中では躬恒の作にひときわ鋭い感覚がひらめいており、ここに録するに足る。

花浮春水

やみがくれ岩間を分て行水《ゆくみづ》の声さへ花の香にぞしみける

燈懸水際明

水底のかげもうかべるかがり火のあまたにみゆる春のよひ哉

月入花灘暗

とくも入る月にもある哉山のはのしげきに影の隠るとやいはむ

貫之の右三題による三首は、

春なれば梅に桜をこきまぜて流すみなせの河の香ぞする

かがり火の上下わかぬ春の夜は水ならぬ身もさやけかりけり

入りぬれば小倉の山のをちにこそ月なき花の瀬ともなりぬれ

躬恒の三首とくらべて、こちらは全体にやや鈍角的であり、躬恒のようにひたすら感覚美に徹することのできない、どこか内省的でバランスのとれた調子が感じられる。貫之と躬恒が終生の親友であったらしいことは、二人のあいだの贈答歌の調子によっても知られるところだが、あるいは両者のこうした資質の違いが、永続する友情にとっての利点となったのでもあろうか。

ところで、現存の「三月三日紀師匠曲水宴」の末尾には、次のような後人の感想文が付加えられている。

躬恒が序にいへること。さてもこよひあらざらむ人は、歌の道も知らでまどひつつ、天の下に知りがほするなめりと、かきたるもことはり。まことにめでたき歌よみどもかな。この世にむまれて、この人々の居なみて歌よみしけむを見ましかば、なにごこちせましとおもふも、すきたる心なり。

これによると、曲水宴八歌人競詠の歌稿には、もと躬恒の序文があったようである。右の文中、躬恒の序からの引用はごく短いが、主旨は明らかである。貫之家に集った歌人たちの誇りと若々しい客気を端的に語っている。そしてこの精神は、数年後に貫之が書くはずの古今和歌集仮名序を貫く和歌復興の誇り高い宣言とも軌を一にしていた。それは、かれらが一人合点でそう思っていたわけではない。早い話が、今引いた一文（萩谷氏によれば、恐らく平安末期の歌道成立の頃の人物が書いたものだろうという）の筆者も、あらわな羨望をこめて、この寛平・昌泰期の文運隆盛に嗟歎の声を放っているではないか。

さて、以上のような経過があったころ、貫之は菅丞相追放の異変に出会ったわけである。貫之はいったい道真という仰ぐべき学儒詩人をどう見ていたか。

もちろん、それをはっきりと示すに足る資料はない。けれども、貫之がある種の親愛感をもって道真を仰ぎ見た日はあっただろう。なぜなら、二十歳そこその駈け出し歌人であった彼の歌を、初めて公式に撰集に録したものとみられる新撰万葉集は、少なくとも上巻（寛平五年序）に関しては菅原道真の撰ということになっているからである。新撰万葉は一名菅家万葉とも称されるほどなのである。貫之は土左日記においてさえ漢文の素養をちらつかせているほどで、大堰河行幸和歌序や新撰和歌序などの漢文調のことは言わずとも、漢詩文に並み並みならぬ造詣があったことはたしかなようだが、この点からも、若い日の貫之が、道真を特別の思いで仰ぎ見ていただろうという推測が成りたつ余地は充分にある。

昌泰三年八月、道真は自らの詩文集たる菅家文草十二巻に、祖父清公の菅家集六巻、父是善の菅相公集十巻を添え、すべてで二十八巻の菅家の集を、当時十六歳の醍醐天皇に奏進した。このとき醍醐帝は、日ごろ愛読する白氏文集の詩篇にもまさるものが菅家の文草にはあるから、今後は白氏文集は文匣《ふばこ》にしまいこんでしまおう、という意味の詩を書いて道真に贈った。道真は大いに面目をほどこしたのである。

しかし、その醍醐帝は、翌昌泰四年一月には、時平らの讒言を信じて彼を追放した。道真が醍醐帝を廃して、みずからの女婿である皇弟斉世親王を立てようとしているとの時平の囁きに、十七歳の帝王は、てもなくおびやかされたのである。道真は権力の頂点から、一挙に転落する。太宰府で、まさに血を吐く思いで都を懐いつつ、恐らくはショックに起因する急激な衰弱のため、二年ばかりで死んだ。その間、醍醐帝は道真のことなどもはや念頭になかったかもしれない。

私はここで一つの空想をする。貫之は、醍醐帝に献じられた菅家文草を早い時期に披見する機会があったのではなかろうか。貫之らが古今和歌集撰進の勅を奉じたのは、延喜五年四月十八日のことで、貫之は推定三十四歳であるが、少なくともこの時期までに、彼の一流歌人としての名は定まっていたはずで、そういう彼に、前世代の代表詩人の撰集をのぞく機会が与えられたということは、当時の宮廷の雰囲気からして、ありえぬことではなかったように思われるのだ。あまつさえ、貫之は延喜六年に御書所預に任ぜられている。これは宮中の書物の保管に当った役所なのであるから、天皇に献じられた書物に眼を通す上では何かと便宜も多かったであろう。

菅家文草の詩を一、二引く。

漁父詞　屏風画也

抱膝舟中酔濁醪　膝を抱《うだ》き舟の中《うち》にして　濁醪《にごりざけ》に酔《ゑ》ふ
此時心与白雲高　此の時　心は白き雲とともに高し
潮平月落帰何処　潮平に月落ちて　何れの処にか帰らむ
満眼魚蝦満地蒿　満眼の魚蝦《ぎよか》　満地の蒿《よもぎ》

寛平四年末ごろの作とされる。道真四十八歳、油の乗りきった時期である。私はこの詩を、ひとつには屛風絵に題したものであるところに興味をもって引いたが、それ以上に詩そのものの影像の鮮やかさ、さわやかさに注目する。最終行のもたらす陶酔は、ちょっと他に類例を見出せない。

落花

花心不得似人心　花の心は人の心に似ること得ず
一落応難可再尋　一たび落ちて再び尋ぬべきこと難かるべし
珍重此春分散去　珍重す　此の春分散し去るとも
明年相過旧園林　明年　旧《もと》の園林を相過ぎなまし

「珍重す」とは、さらば、ごきげんよう、お達者で、という意味の挨拶のことばという。落花を惜しみ、明年の再会を希うのが一篇の主意だが、軽い筆致の中に、ある種の哀愁と慈味が油然と湧いているところがよい。

実はこの「落花」の詩は、寛平七年暮春、皇太子敦仁親王（すなわちのちの醍醐天皇）から、唐における一日百首応令詩の試みにならって、一時（今の二時間）のうちに十首をつくってみよ、と命ぜられ、十の題を与えられた中の一首である。道真は筆をとって、二刻

〈今の一時間〉で十首をつくり終えた。この種の即席の詩作に悠々と応じ得たことは、詩人としての力量の卓抜を証するもので、古くから菅公の伝説的名声の一翼をなすエピソードとして知られているが、さらに私にとって興味ぶかいのは、他にもいくつか残されているこの種の即興的な性質の詩全部を通じて、道真が実にのびのびと、こまやかな自然観察に裏打ちされた新鮮な影像を喚起し、抒情の思いを尽しているということである。強いられた題詠による即興の詩において、かえってそういう美質が素直に出ているというところに、私は道真という詩人の抒情的天分を見る。

同じことが、ある程度まで、おびただしい屏風歌の作者であり、即席の代作者であった貫之の場合にもあったように思われる。実はこれが、私のここで言いたいことのひとつであった。思うに、そのような制約的条件のなかでこそ、かえってある種の自発的で活潑な、スケッチ風の詩作ができる場合があるというのは、詩歌制作につきものの逆説のひとつなのである。あらかじめある外的な枠をはめられているとき、人はその枠を一個の競技場と化して、その中でさまざまなフォームの運動を活潑に行うことができるのである。

さて、菅家後集は、いうまでもなく、道真の死後はじめて人々に知られるに至った、遺稿詩集にほかならない。それは、どのような経過で世に遺されたのか。

後集の奥書によれば、「西府新詩一巻、今号二後集一。臨レ薨、封緘送二中納言紀長谷雄一。」ととと見之、仰レ天而歎息。」云々という。つまり、この遺稿詩集は、道真が死にのぞみ、これを封緘して京の中納言紀長谷雄に届けたものというのである。学儒紀長谷雄は、道真にとっては最も心許した朋友の一人であった。道真が遣唐大使に任ぜられたとき（寛平六年）、長谷雄は副使に任ぜられている。（ただし、遣唐使は道真の停止の上表により中断された。この遣唐使停止のことが、文学や絵画における唐文化の圧倒的影響に区切りをつけ、和風が勃興する一つの有力なきっかけになったことが考えられるので、その点でも道真という人は興味ぶかいのである。）長谷雄はまた、渤海大使裴頲《はいてい》が前後二回、それも十二年の間隔をおいて来朝したとき、二回とも、道真と相伴って裴を客舎に訪問、詩を酬和して親交を深める席に連っている。

ところで、この紀長谷雄は、その名の示すごとく、紀氏一族の一人であった。貫之の系譜と長谷雄の系譜との正確なつながりは明らかでないが、名門紀氏の同族であることはいうまでもない。しかも、長谷雄は紀淑望《よしもち》の父である。淑望は、古今和歌集真名序の作者であるから、貫之とは浅からぬ交りをもっていたにちがいない。あまつさえ、淑望は貫之の養子だったという説もあるほどである。つまり貫之は、紀長谷雄父子とはごく親しい間柄にあったと考えられるのだ。

このことから自然に類推されることは、道真の遺稿集が九州から京都にもたらされたとき、最も早くこれを読み得た可能性のある一人に、貫之がいたということである。後集から引く。

梅花

宣風坊の北　新に栽《う》ゑたる処
仁寿殿《じじゆうでん》の西　内宴の時
人は是れ同じき人　梅は異なる樹
知んぬ　花のみ独り笑みて　我は悲しびの多きことを

宣風坊の北とはすなわち京の道真の自宅、仁寿殿は京の御所の一角である。道真はそれらの場所で梅花を愛でていた廷臣時代にうって変るいまの太宰府暮しの惨めさを、目前の梅に托してうたっているが、このような詩にこめられた歎きの深さや、うたわれた状況の違いを別とすれば、時というものをそのすみやかな推移の相において哀感をこめてとらえるというこの詩法は、たとえば貫之のあの「人はいさ心も知らずふるさとは花ぞむかしの香ににほひける」の場合とも相通じているだろう。そしてこれらはさらに、唐の夭折したデカダンスの詩人劉希夷（六五一～六七八ごろ）の「年年歳歳、花相似たり、歳歳年年、人同じからず」という、和漢朗詠集にも採られたあの有名な対句を思い出させる。おそらく、劉希夷の詩は平安朝の詩人たちにしばしば愛誦されていたにちがいない。容姿すぐれ、よく琵琶を弾じ、談笑を好み、時代に合わぬ六朝風の艶体の詩を書き、酒色にふけって落魄のまま非業の死をとげたといわれるこの詩人の作は、まさにそういう諸属性によって、宇多・醍醐朝に一つの絶頂に達した日本宮廷文学に、どこか呼応するものがあっただろうと思われる。試みに、今引いた対句を含む七言古詩「白頭を悲しむ翁に代る」をあげれば、

洛陽城東、桃李の花
飛び来り飛び去つて誰が家にか落つ
洛陽の女児は顔色《がんしょく》を惜しみ
行々《ゆくゆく》落花に逢ふて長く歎息す
今年《こんねん》花落ちて顔色改まり
明年《めいねん》花開いて復《ま》た誰か在る
已《すで》に見る松柏《しょうはく》の摧《くだ》かれて薪《たきぎ》と為るを
更に聞く桑田《さうでん》の変じて海と為れるを
古人復《ま》た洛城の東に無く

今人還《ま》た対す落花の風
年年歳歳、花相似たり
歳歳年年、人同じからず
言《げん》を寄す全盛の紅顔子
応《まさ》に憐むべし半死の白頭翁
此の翁、白頭、真に憐む可きも
伊《こ》れ昔、紅顔の美少年
王子《わうし》公孫《こうそん》と芳樹の下《もと》
清歌妙舞す落花の前
光禄の池台、錦繡《きんしう》を開き
将軍の楼閣、神仙を描く
一朝、病に臥して相識《さうしき》無し
三春の行楽、誰が辺にか在る
宛転たる蛾眉、能く幾時ぞ
須臾《しゆゆ》にして鶴髪《かくはつ》、乱れて糸の如し
但《た》だ看る古来歌舞の地

惟《た》だ黄昏《くわうこん》、鳥雀の悲しむ有り

対句の妙を尽した詩である。一説に、詩人の妻の父宋子問が「年年歳歳……」の対句を示されて感歎し、発表前に譲ってくれと希夷にせがみ、希夷も一旦はこれを承知したがのち惜しくなって拒絶したため、怒った宋子問が、人をやって聟を殺させたという言い伝えがあるほどの作である。にわかには信じられない話だが、この詩全体にこめられた青春の愁い、過ぎゆく歳月への尽きぬ怨みは、そういう伝説が生れるのを奇異なことにも思わせない天衣無縫の流露感をたたえていて、必ずや平安朝詩人たちに愛誦されたにちがいないと想像させるものをもっている。だいたい、この種の詩情の原型は、遠く紀元前一世紀の詩人、あの漢の武帝の「秋風の辞」にいう、「歓楽極まつて哀情多し。少壮幾時ぞ老を奈何《いかん》せん」のごとき詩句にすでに見られたところであり、下っては唐の杜秋娘の「君に勧む、惜取せよ少年の時。花開いて折るに堪へなば直ちにすべからく折るべし。花無きを待つて空しく枝を折ることなかれ」(「金縷衣」)のような詩句をも生む。

これらの詩に共通するものは、自然界、とくに季節ごとに開いては散ってゆく花のいのちに托して、過ぎやすい少年時の哀歓をうたうという手法であって、これはその主題の普遍性と近づきやすさのため、日本の詩人たちにはとりわけ酷愛される手法となったのである。桜と言い、紅葉と言うとき、貫之のような平安詩人の口をついて出る次の言葉は、まず「散る」という言葉だった。花が散ることを愛惜する思いは、当初、歳月のすみやかな移ろいに対する純粋な歎きとして彼らの口を衝いて出るが、やがてその思いそのものが一つの美的情趣となり、「あはれ」となってゆき、ついには詩的常套となり終る。常磐木、たとえば松のような常緑樹は、こういう美意識からすれば、かえって面白味に乏しいものであったことは、「秋」と題する貫之の

なべてしも色かはらねば常盤なる山には秋も知られざりけり　(五三)
移ろはぬ常盤の山に降るときは時雨の雨ぞかひなかりける　(五四)
もみぢ葉の間なく散りぬる木のもとは秋の影こそ残らざりけれ　(五五)

のごとき歌で知られる通りである。

花に似ずのどけきものは春霞たなびく野辺の松にぞありける　(一九〇)

ここでは、散り急ぐ桜に対して松の「あはれ」を歌ってはいるが、その松は、たなびく

春霞によって半ば姿を覆われていなければ、情趣豊かなものとはされないのである。すべて、

散る花のもとに来てこそ暮れはつる春の惜しさもまさるべらなれ　(一四)

という、いわば一種の浪曼的アイロニーを含んだ感覚、時の移ろいを歎じつつ、しかもその移ろいなしには世界をわがものとして観ることのできない屈折した美感を示している。そこでは、「言葉」さえ、水に流れてゆくものとしてとらえられることがあった。延喜十八年に貫之が醍醐天皇第二皇子保明親王の屏風絵のためにつくった歌の中には、

桜の花のもとに人人のゐたるところ
かつ見つつあかずと思へば桜花散りなむのちぞかねて恋しき　(一〇五)

のような、今見てきたいくつかの歌と同じ性質の歌と並んで、

祓《はらへ》したるところ

この河に祓へて流す言の葉は波の花にぞたぐふべらなる　（一〇七）

という歌がある。祓とはここでは六月祓《みなづきのはらえ》（夏祓）で、和泉式部のあの有名な「思ふことみなつきねとて麻の葉を切りに切りても祓へつるかな」の歌も六月祓のことだ。本来は朝廷で六月と十二月との晦日、朱雀門前に百官が参集して、天下万民の知らずに犯した罪汚れを祓うために執り行われた国家的行事だが、六月の祓は民間でも行われたもので、これがやがて水辺納涼という一般的風習の起源をなしたのだという説もあるものである。貫之が歌をつけた「祓したるところ」の絵は、おそらく民間的な六月祓の絵で、加茂川、桂川のような京都周辺の川での祓の情景を描いたものだったろうと想像される。この歌で、川に流す「言の葉」というのが何を意味するものか、実は少々心もとないのだが、あるいは歌のようなものを書きしるした紙を、斎串《いぐし》にでも添え、祓をしたのち川に流すというようなことがあったのだろうか。そうであるなら、川波に見え隠れしつつ流れてゆく言の「葉」を、波の「花」に見立てた趣向の歌と見ることができるわけだが、そういう具体的な物の形をとった「言の葉」ではなく、祓の際に読まれる祝詞の言葉を指すとするなら、抽象的な「言葉」が川波にまぎれて流れ去ってゆくという、注目すべき感覚、つまり抽象世界を具象化してみせる感覚がそこには見られるといわねばならない。

年年歳歳、花相似たり、という詩句が語っている歳月の移ろいの自覚は、こういう形で、貫之の歌に代表される古今歌人たちの時間意識にも多くの類似点を見出しうるものであった。こういう時間意識は、窪田空穂が指摘した古今歌人の特徴、すなわち、すべての事象を推移する時の流れの上に浮かべて眺めるという精神傾向を示しているものである。そのことは、別の言い方をすれば、古今集時代の京都の貴族たちが、生というものの発現形式を、つねにある連続的な時の経過として眺め、瞬間というものが衝撃的に生を開示してみせる可能性に対しては、驚くほどかたくなに身を閉ざしているということでもあった。

そのことを劇的に示していると思われるのは、人の死を悼む哀傷歌の場合であろう。万葉集では「挽歌」とよばれた部類が、古今集では「哀傷歌」となっていること自体にも、死に対する観念の変化があらわれているといえるだろうが、死を「哀傷」するという意識の中には、死というものが、やがては誰にも訪れる不可避のものであり、今日ある人の死を歎くことは、同時に自分自身をも含めて、人間というもののすべての宿命を観念し、その意味で歎くのだという、一種哲学的な悟りあるいは諦念があったように思われるのである。たとえば貫之の、比較的知られた哀傷歌に次のものがある。

紀の友則うせたるときによめる

明日知らぬわが身と思へど暮れぬまの今日は人こそ悲しかりけれ　（古今集八三八）

紀友則は、いうまでもなく貫之の従兄であり、古今集撰者の一人である。貫之よりはかなり年長で、古今集編纂の最中に死んだらしい。その死は、当然、貫之にとって大きな衝撃であったにちがいない。それにしてはこの歌の、なんという悠長な述懐ぶりか。しかし、私の想像では、この歌は死に直面しての単なる悲傷の歌ではない。おそらくは、友則の遺した妻あるいは子に送られた慰めの歌だったにちがいないのである。人間の死を、時間の流れの中に位置づけ、対象化し、一般化することによって、その死のもたらす衝撃をやわらげ、かつ慰めようとする配慮が、この歌の調子を決めているのである。

あひ知れりける人のみまかりにければよめる
夢とこそいふべかりけれ世の中に現《うつつ》あるものと思ひけるかな　（古今集八三四）

この歌も同じことで、世の中に現《うつつ》、つまり実在があると思って過してきたのがそもそも誤りなので、すべては夢だったではないか、というのが歌のこころである。古今集はこの歌の前に、ほかならぬ紀友則の歌、「藤原敏行朝臣のみまかりにける時に、よみてかの家

「寝ても見ゆ寝でも見えけり大方《おほかた》はうつせみの世ぞ夢にはありける」とうたった歌をのせていて、私の論旨には恰好の材料を提供してくれている。この歌は、遺族のもとに送られた歌だということが明らかに記されている点で注意されるが、そういう目的で書かれる歌が、生の夢幻性を説いて、相手にいわば諦念を注ぎこもうとする姿勢を示していることは、さきの、友則の死に際して貫之がつくった歌を見る場合にも、充分参考になるといわねばならない。

事ほど左様に、この時代の歌は抽象性を本質としており、一人称ではなくて三人称で人事を語るということが、考えてみれば驚くべきことと思われるまでに普通のことだったのである。明治という、詩歌における一人称再発見の時代に、古今集が色褪せてしまったのはごく当然な現象だったことが、こういうところからも明らかになる。

しかしまた、古今集の歌が、とくに貫之の歌の場合、一見めめしい感傷性にみちているように思われながら、実はそうでないということも、ここから当然出てくるもう一つの結論なのである。

貫之が、仮名文字による和歌文学の自立のために注ぎこんだ情熱は、仮名文字が私たちに与える女性的で柔和な印象のために、あるいはかなりの程度まで誤解され、無視されているかもしれない。しかし、今見てきたように、貫之はじめ古今時代の歌人たちが歌の形でのべている思想は、むしろ感傷性とは対立するものであった。

いまの世中、色につき、人のこころ、花になりにけるより、あだなるうた、はかなきことのみ、いでくれば、いろごのみのいへに、むもれぎ《埋木》の、人しれぬこととなりて、まめなる所〔まじめな改まった場所〕には、花すゝき、ほにいだすべき事にもあらずなりにたり〔表立って堂々と持出せるものでもなくなってしまった〕。そのはじめをおもへば、かゝるべくなむあらぬ〔こんなはずではそもそもないのだ〕。（古今和歌集仮名序）

貫之のこの文章には、いってみれば、万葉集以後百年以上も、和歌が私的な相聞、係恋の一手段として、「いろごのみのいへに、むもれぎの、人しれぬことと」なっていたことへの憂憤がこもっていただろう。今、勅撰和歌集として古今集が誕生しようとする歓びの時がめぐってきて、貫之はいわばその勝利を嚙みしめつつ序文を書いているのだが、そのような時にもなおこんな風に書かずにはいられない鬱屈した思いがあったのである。皇后宮に関する事務官を「私官」とよび、閨室に関連するものは私的であって公的ではないとする中国流の考え方は、日本人が律令制ならびにそれを支える儒学の体系を丸ごと鵜呑みにしているあいだは、宮廷を有無をいわさず支配したのであった。しかるに、和歌は何よりもまず相聞をもって本質としたから、当然私的なものとされざるを得なかった。宮廷についていえば、それは清涼殿ではなく、後宮のものであった。威儀を正し盛装をこらした雅宴では、たとえば追放以前の菅原道真による雅宴陪侍の詩、応製の詩、花鳥諷詠の詩にみられるような、また経国集、凌雲集、文華秀麗集などの勅撰詩集におさめられたような型通りの詩が、朗々と読まれてきたのである。

和歌が私的なもの、褻《け》の性格をもつものとしての位置から、公的なものの位置にのしあがるためには、それなりのやり方で漢詩文の富を奪いとる必要があったのであり、さしあたっては礼記などを通じて知り得た四季の年中行事を軸にすること、言いかえれば季節感そのものをカテゴリー的に分類し対象化してゆくことが、古今集で厳密に果されねばならなかったのである。それは、詩人たち自身の感情生活にも影響を及ぼさずにはいなかった。季節、その具体的な現象としての花鳥を眺めるまなざしは、対象化され類型化され理念化された季節・花鳥のむこうがわに、そういう季節・花鳥によって逆に意味づけられた人生というものを、二重写しの形で透視するのである。かれらの歌が、一人称の世界を歌う時でも同時に三人称的な抽象性、理智的性格を帯びてしまうのは、和歌が置かれるにいたったこういう位置・状況とも深く関わっていたのである。

桜と言い、紅葉と言うとき、次いで出てくる言葉が「散る」という言葉であるとしても、それは決して個人のその場一回限りの悲哀の表現としてではなかった。それは、いわば、人生観としての時の移ろいへの観照を語ったものだったのである。その意味では、それは「歓楽極まつて哀情多し。少壮幾時ぞ老を奈何せん」のような漢詩の表現方法の骨法を、ついにわがものとしたものでもあった。

事実、一般的に言って、漢詩の表現は、今のべてきた点に関していえば、たとえ慷慨の詩であっても、三人称的な物言いで語るのが普通のことであろう。個人的詠歎の世界をつき抜けて、造化の声にじかに聴き入るていの詩も、そういう話法が生みだす必然的な賜物であった。

春眠、暁を覚えず
処処、啼鳥聞こゆ
夜来、風雨の声
花落ちること知多少《いくばく》ぞ（孟浩然「春暁」）

このあまりにも有名な五絶をとってみてもわかるように、話者である詩人の主体は、存在するがごとく、存在せざるがごとくであり、転結の二句では、それはたぶん完全に姿を消して、自然そのものだけがあとに残されている。しかも読みかえしてみれば、この二句に、詩人の惜春の情は鮮やかに刻みこまれているのである。

貫之らの歌が狙った一つの境地は、おそらくこういうところにあったにちがいない。古今集に「我」の語が稀れであるということも、こういう観点から眺められ評価されねばならないだろう。つまり貫之は、公的な歌、「いろごのみのいへ」に埋もれるのみではない晴れの歌、いわば男歌の作者として、当代を代表して立ったのである。

さて、例によって甚だしい迂路をたどりながら、私はようやく、道真の遺稿詩に立ち戻るところへ来たようである。

私は貫之が紀長谷雄のもとへ送られた菅家後集の詩稿を、たぶん最も早く読む機会にめぐまれた一人だっただろうとの推測をしるした。もちろん、証拠はない。けれども、これを否定すべき根拠もない。

私は、貫之が、どんな表情で道真の九州時代の遺稿詩を読んだだろうかと想像する。私の前に浮かびあがるその表情は、何とも複雑な表情だ。遺稿には、日本漢詩の中におそらく初めて立ち昇り、詩に結晶した、徹底して個人的な抒情がある。貫之が、和歌を公的な地位に引上げるために、あるいは意識的に押し殺すことを自らに課していたかもしれない、身も世もあらぬ〈私〉の詠歎が、道真の暢達精緻な詩的技術に支えられて、かつて見ることのできなかったような、生ま生ましい、あえて言えば生気潑溂たる悲傷の抒情詩として結実しているのである。そこには、

哀しきかな　放逐せらるる者《ひと》
蹉跎《さた》として精霊を喪へり（「読二開元詔書一」）

のような、ほとんど萩原朔太郎の『氷島』詩篇の調べの先蹤ともいうべき詩句がある。

我は遷客たり　汝は来賓
共にこれ蕭蕭《せうせう》として旅に漂はさるる身なり
枕を欹《そばだ》てて帰り去らむ日を思ひ量らふに
我は何《いづ》れの歳《とし》とか知らむ　汝は明春

これは「旅の雁を聞く」と題する七絶だが、結句にこもった哀愁は胸をうつ。起承二句を静かに眺めれば、そこに旅の詩人三好達治の詩の先蹤を見ることもできようと思われもする。

菅家後集の末尾の詩は、絶筆「謫居春雪」である。道真は延喜三年二月二十五日に死んだ。春の雪を眺めているこの詩は、死の直前の作であるわけだが、降りつもる雪に歳のはじめの匂やかな梅花を幻想する起承二句——道真がいかに梅を愛したかは、すでに引いた「梅花」の詩でも、またあの有名な「東風《こち》ふかばにほひおこせよ梅の花あるじなしとて春な忘れそ」の歌でも知られる通りである——から、雁の足に手紙の白ぎぬをかけて放ち、久しい囚われの身を救われた蘇武（雁の使の故事はここから出たものだ）、烏の頭が白くなるまでは解き放たぬといわれ、天を仰いで歎いたとき、まさに烏の頭が白くなっているのを見出した囚われ人燕丹の故事に、わが追放の思いを托して、はげしい望郷の心をうたう転結二句への異様な転調は、さまざまな感慨をさそわずにはおかない。

城《あづち》に盈《み》ち郭《くるわ》に溢れて　幾ばくの梅花ぞ
なほしこれ風光の　早歳《さうさい》の華《はな》
雁の足に黏《ねやか》り将《ゐ》ては　帛《きぬ》を繋《か》けたるかと疑ふ
烏の頭《かしら》に点《さ》し著《つ》きては　家に帰らむことを思ふ

私は貫之がもしこれらの詩を読んだとして、その感慨はどんなだったろうと思う。この純粋に溢れ出る抒情の輝きは、貫之を脅かしただろう。けれどもまた、ここには、漢詩文というものに対して日本の詩人たちが抱いていたにちがいない、一種しゃちこばった卑下的敬意、またそれに見合うような、どこかよそよそしく、またつけ入る隙のない修辞でかためた宮廷詩のかずかずをば、たちまち吹飛ばすような、日本詩人の薬籠中のものとなった漢詩があった。道真はこの詩形を用い、かつてない清新さで、悲哀を、寂寥を、孤愁を、絶望を歌ったのである。華麗な修辞は影をひそめ、代って個人の感情が生きはじめる。漢詩はここではたしかに国詩になったのである。

それは、歌人たちが、やまとことばの詩を書くことによって味いはじめていたはずの自由な感じと、ある点で交わり合うところをもち、しかもその私的なモチーフの深刻さ、徹底性によって、かれらの世界をさらに超えもしていたのである。私が貫之の表情を想像して、そこに複雑な思いを読みとりうると感じるのも、そのためであった。両者の、あり得たかどうかもわからない交渉を強いてとりあげ、この間奏的一章を構成した理由もそこにある。

さらにいえば、漢詩文ならぬ西洋の詩文への崇拝、憧憬、模倣のくりかえしの中で、近代日本語による詩歌のフォルムを創造すべく努めてきた私たちの近代以後の詩歌にも、少なからぬ道真がいたし、また貫之がいたのではなかったか――この連想が、私にこの章を書かせたもう一つのかくれたモチーフだったのである。道真も貫之も、そういう点から見るなら、けっして遠い過去の、われわれとは無縁の人間とのみは思われない、新墾道《にいばりみち》の先行者だったのである。

六　いまや牽くらむ望月の駒

貫之集八百六十四首のうち五百三十九首が屛風歌であることについてはすでにふれた通りである。貫之は、恋の歌、および雑の歌――これは万葉集では公的な性格を多分にもつ歌の代表的な部類だったものだが、漢詩全盛時代に晴れの舞台をいったん漢詩に奪われたあと、貫之らの時代になると、いささか性質を変えてくる。つまり、主に「世の中」の無常迅速を詠歎する意を含んだ、一種思想的述懐歌として現れる場合が多くなる。さらに付け加えれば、古今集所収の貫之の雑歌は家集の貫之集においても雑歌の部に入れられているのに対し、後撰集所収の、いずれも興味ぶかい彼の人生観をうかがわせる雑歌は、貫之集では、これに収録洩れのものを除けば、すべて恋の歌の部に入っているのが注目される。それは、雑歌という部類についての観念が、時代の下るにつれて、公的なものから私的なものに変ってきたことを示す一つの例だといえるかもしれない――に興味ある作を残しているが、生涯の制作全体の中で占める割合からいえば、何といっても屛風歌が圧倒的に多かったし、またそこに彼が当代随一の歌人とされた理由の大半もあった。

屏風や障子は、あまり区切りというもののない寝殿造りの家屋構造の中で、重要な仕切りであり、かつ必要不可欠の装飾であった。人々はそこに、はじめは唐風の山水画を描いたようだが、九世紀半ばごろからは、日本風の風景、風俗が好んで描かれるようになったという。それは貫之の屏風歌の画題説明を見ても歴然たるものがある。彼の生きた時代は、屏風絵における日本風、つまりやがて大和絵の流れを形成することになる流儀が、勃興し、好んで追求されるようになりつつあった時代であった。

屏風絵に歌をつけ、静止した画中の情景を、画と歌とのかみ合った立体的な興趣によって生き生きと動かすこと。それが屏風歌作者の第一の心得であったことはいうまでもないが、このことは、単に貴族の室内調度に華やかな情趣をそえるというだけにとどまらぬ大きな意味をもっていた。つまり、屏風歌の制作にともなう季節感覚の強調は、後代日本人の季節感覚の形成にも深い影響を及ぼしたのであって、それはたとえば、俳句における季語・季題の必要の是非をめぐって今も繰返されている議論にまで尾を引いているといえないこともない。

季節感というものは、類型的な性質のものとして成立したことに注目する必要がある。少なくとも、平安朝的美感というものが成立してゆく過程はそうであった。この問題については、故池田亀鑑に「季節美感とその類型」という論文がある。池田氏は、本来無形である「時」の流れをとらえる上で類型的な景物がはたした、季節美の象徴としての役割について、説得力をもって語っている。景物の類型化とは、たとえば山吹は春、蛍は夏、菊は秋、霰は冬というように、それぞれの季節の類型的な性格、情調を象徴する一群の景物を選び出し、これに一種の美的価値を与えることといってよかろうが、とくに興味があるのは、季節を超越するはずの天然現象にまで、季の類型を見出し、特殊化された相においてこれをとらえてゆく独特の美感の確立である。

例えば、長雨について見るに、雨は、元来、季節を超越する自然現象であるが、長雨といえば、春の季節のものとして考えられ、他の季節にはないものと考えられた。古今集、巻十三にも「おきもせずねもせで夜を明かしては春のものとてながめ暮しつ」と業平がよむように、古くから、春の季のみの景物として類型化せられ、夏、秋、冬などに長期にわたる降雨があっても、いわゆる長雨として認識せられなかった。煙るが如く音もなく降る春の細き雨のみを、長雨として捉えたのである。この雨には、春のもつ、ものうさ、つれづれ、うらがなしさ、なやましさ、ものやわらかさ、暖かさなどのすべての感情的性格が包括され、それらが総合せられ、長雨という景物として確立したのである。単に長い時間降り続く雨の意ではなく、その雨量、時間などは問題でなく、要は春の季節感を象徴するか否かによって決定される。

池田氏がここで言っていることは、「日本的季節美感の体系」というものが、決して現実の季節の実感そのものに密着したものではなく、いわば象徴の体系を通して感じとられる共通の文化体験という性質のものだということであろう。景物の類型化が進めば、それに基づく詩歌も、写実的なものではなくなり、情調、気分を類型的景物に托して表現するようになってゆくのは自然の成行きで、その結果、「寄水鳥恋」「寄夢恋」「寄雲恋」「寄橘述懐」「寄河述懐」といった「寄物陳思」の方法が一般的となり、結果、「事象に即した感情の詠嘆ではなく、感情の追体験に基づく詠嘆」(池田氏)が、古今集から新古今集へ引きつがれる象徴的抒情詩の特質をなすにいたるというのである。古今集に対して、感情よりも知的内容、技巧を重んずる観念的傾向ということが言われるのもそのためであることはいうまでもない。

いうまでもなく、このことについては、古今集ないし平安朝文化の風土的基盤が、京都という土地にほぼ限定されていたということをも見落してはなるまい。たとえば日本の都が、京都でなく信州に、あるいは九州に定められていたとしたら、日本文化の性格も随分ちがったものになっていただろうという風巻景次郎の空想には、重要な示唆が含まれていることをもついでに指摘しておきたい。紀貫之にしても、たぶん大和西南部あたりを本拠とし、朝鮮にまでもしばしば外征した武家一族の末裔だったとみられるにせよ、本人自身は没落した京都の下級貴族の子弟であり、しかも母が、すでにみたように後宮の伎女だったとするなら、まさに生粋の京都人にほかならなかったわけで、その歌にあらわれる自然のイメジが、平安朝的類型性に覆われているのもむしろ当然だったのである。

しかし、にもかかわらず、貫之を中心とする古今集撰者グループが確立した、四季のきわめて精緻な分類、類型化が、一千年近くもの間、日本人の季節感覚に深く影響してきたという事実は消し去ることができない。季語とか四季の行事、景物などが、現代の自然環境の実体と多くの点で合致しなくなったという事実をもって、ただちにそれらの無効を宣告するということには、どこか無理があると感じられるのも、そういうことから来ている。季節のこまかな分類、類型化が、自然の実体に必ずしも即していないということを言うなら、実は古今集時代がすでにそうだったのである。それは、暦の上では立春なのに外ではまだ雪が降っているようなちぐはぐな状態を前にして、古今集の歌人たちがとった態度を見るだけでも明らかであろう。かれらは、戸外の雪の実体に即《つ》くよりは、暦の上ではすでに春なのに、という知識を通して見る春の雪というものの興趣に即いたのである。

このことはなかなか面白い問題である。冷たく降りしきる雪は、それが頭や肩に降りかかるのをこらえて戸外で働かねばならぬ者、また室内で寒さをこらえて春の到来を待つ者たちにとって、必ずしも歓迎すべきものとはいえない。しかし、仮に平安期の下級貴族たちが、冬の雪の朝の寒さにちぢみあがったにしても、彼らはその詩作においてはただ単に寒苦としてだけ雪をとらえたのではなかった。春の雪は、やがて到来する豊饒の季節の前ぶれであったし、歓びの先ぶれであった。いや、現に眼前の雪そのものが、あるフィルターを通して眺めると、たちまち興趣あるものに変るのである。そのことを自覚的に日本の詩歌の方法とした点に、古今歌人たちの一つの手柄があっただろう。たとえば暦の知識はここでの一つのフィルターであろうし、中国あるいは日本の古詩古歌にうたわれた雪のイメジの記憶も別のフィルターであろう。あるいはまた、あの有名な白居易の詩句、「遺愛寺の鐘は枕を欹《そばだ》てて聴く、香炉峰の雪は簾《すだれ》を撥《かか》げて看る」についていえば、雪を見る姿勢そのものがひとつのフィルターをなしているといえる。ささやかな草堂のささやかな簾をわずかにかかげて見るところに、雪見の興趣もあれば、詩句の見どころもあるのだ。そのことは、左遷という境遇において白居易と共通のものを感じていたはずの九州の道真が、「門を出でず」(「菅家後集」)の中で、居易の右の対句をふまえながら「都府の楼には纔《わずか》に瓦の色を看る、観音寺にはただ鐘の声をのみ聴く」という、和漢朗詠集にも採られた対句を書きとめたとき、正確に彼に理解されていたと思われる。物の全貌にじかに接するのでなく、距離を置き、ある場合には眼を閉じて、その物のある本質的な影をわが心に映すとき、物は確実に、心の波動にとらえられ、波動と一体化するのである。

あるフィルターを通して物を見るということは、すでに心のある傾きに基づいた行為なのであって、そのようにして見られた対象は、見る主体である心の動きと、同じ波によって結ばれているのである。そこに得られる対象と自己との特殊な関係の感得が、美の感覚を導くのである。詩的な感性というものがある特殊な能力として成立しうるとすれば、それはおそらく、こういう意味での精妙なフィルターの機構と切離すことができない。

けれども、物事には必ず裏面があるということは、この場合とりわけ真実であって、右のようなフィルターは、それ自体が固定化し自己目的化した瞬間から、詩を仮死状態に追いやるものに転化するだろう。

最も見やすい例をあげるなら、題詠という古来愛用されてきた詠歌方法がそれである。また、俳句における季語の活用もそれだといえる。それらは、私たちの眼の前に、区画もなければ名前もなしにのっぺりとひろがっている自然界あるいは人事の世界を、あるフィルターを通し、ある尺度をもって切りとり、世界をいわば言語によって可視的・可感的にしてくれる。その結果、ある季語を知ったおかげで、今まで気づかなかった季節のある表われ方の特徴に眼を開かれるということが生じもするのだが、そのとき私たちの眼には類型性をもった機構が装置されたのであって、それを忘れ去れば、その瞬間から、私たちは季語を通して自然を見るのではなく、季語を通して先人たちの見たものをもう一度なぞって見るにとどまることになる。

詩歌の生成の場が、たえずこのような機微に左右されていることを念頭におきつつ、貫之の世界に、とりわけ屛風歌と四季の世界に戻ってみよう。

春——

子《ね》の日の松のもとに人々いたり遊ぶ。

二月初午に稲荷詣でしたるところ。

三月田かへすところ。

人の木の下《もと》に立ちて、はるかなる桜の花を見たる。

池のほとりに咲ける藤のもとに、女どもの遊びて花の影を見たる。

三月、山寺に詣る。

山べ近く住む女どもの、野辺に遠く遊び離れて家のかたを見やりたる。

女、簀《す》の子にさし入りたる桜の花折りたる。馬に乗りて道ゆく法師、垣越しにうちよりて見る。

馬に乗りたる男ども、故郷《ふるさと》と思《おぼ》しきところにうちよりて桜を折る。

梅の花のもとに、男女群れゐつつ酒のみなどして、花を折りて、うちなる人の〔もとに」やれる。

夏——

五月照射《ともし》（照射とは、鹿狩りのため、鹿寄せに山中でたく松明のこと）。

六月鵜河《みなづき》。

六月祓《みなづきはらへ》。夏神楽。夏祓（いずれも同じ）。

人の家の垣根の卯の花。

五月、旅人山のほとりに宿りて、時鳥《ほととぎす》を聞く。

雨降る田植うるところ。

六月、涼みするところ。

菖蒲《さうぶ》とれるところ、またさせるもあり（五月五日、菖蒲の節句に、あやめの根の長さをくらべ、長寿を祈った行事にちなむ）。

女どもの時鳥待つところ。

旅人の林のほとりに休みて時鳥聞く。

道行く人、木のもとにゐて時鳥の鳴きて行くを、指《および》さしていふことあるべし。

女ども河のほとりに遊ぶ。

人の家に常夏《とこなつ》あり（常夏は、なでしこの異名）。

男女《をとこをんな》の木のもとに群れゐたるところに、舟に乗りて渡る人あるが、指《および》をさしてもの云へるやうなり。そのさま時鳥を聞けるに似たり。

秋――

七月七日。

織女《たなばた》。彦星。

八月駒迎へ。

空になく鶴《たづ》をきける。

尾花を見る。

九月菊見たる。

田守る小庵《こいほ》あるところ。

八月、人々あまた野の花を掘る。

九月、霧山をこめたり。

鹿の萩の中にたてるところ。

人の家に、紅葉の河の上に散りかかるところ。

八月十五夜、海のほとりに人の家に、男女出でゐて、月の入るを見たる。

山田の中に小鷹狩りしたるところ（秋の鷹狩り。小鷹を用いて、鶉、雲雀などの小鳥をとる）。

紅葉のいたく散りたる山を越えたるところ。

九月九日、老いたる女菊して面《おもて》のごひたる（菊の花に着せてある綿が吸いこんだ菊の露で、顔や身体を拭う、不老長寿祈願の行事）。

網代《あじろ》に紅葉の散り入りて流るるところに人多かり。

人の家の簾《す》のもとに女出でゐたる、垣のもとに男立ちて物云ひ入る。垣のつらに薄《すすき》生ひたり。

男、旅の宿りに鹿の啼くを聞く。

旅人の衣うつ声を聞きたる。

菊多く生ひたる河のほとりなる人の家に、女ども多く河づらに出でて遊ぶ。

稲刈干せる。

冬――

十一月神楽。

大鷹狩り（冬の鷹狩り。大鷹を用い、鶴、鴨、雁などをとる）。

十二月仏名《ぶつみやう》（宮中の法会。諸仏の名号を唱え、罪障を懺悔する）。

雪の庭に満てりけり。

仏名の朝《あした》に、導師の帰るついでに、法師・男ども庭におりて、とかくあそぶあひだに、雪のふりかかれる梅折れる。

山里に住む人の雪の降れるを見る。

竹に雪の降りかかれる。

人の家に、女簾《す》のもとに立ち出でて雪の木に降りかかれるを見る。

以上、煩をいとわず書き抜いたのは、貫之の屛風歌に付された、画題を説明する詞書である。もちろんこれらは一部分にすぎないが、おおよその傾向はここから窺うことができる。これらのほかにも、志賀山越、滝、簗《やな》、あるいは、道ゆく人馬より下りて、しばし松のもとに休むに、岸近き石に波の頻りに寄せたる、のような、いわば「雑」ともいうべき部類のもの、また、田子の浦、逢坂山、亀山、白浜、樫生《むろふ》（室《むろ》の泊《とまり》）、松が崎、嵯峨野、宇治、柏《かへ》の社《やしろ》、梅の原、吉野山など、歌枕的な名所の画題もある。しかし、圧倒的に多いのは四季の画題であり、わけても、春と秋の画題が、種類においても数においても、夏と冬のそれをかなり上回っている。

貫之の場合に限ったことではないが、日本の詩歌における四季は、圧倒的に春と秋である。すでに万葉集に額田王の有名な春秋二季の優劣をあげつらった歌があり、貫之自身にも、

あるところに、春と秋といづれまされると問はせ給ひけるに、よみて奉りける

春秋に思ひ乱れて分《わ》きかねつときにつけつつ移る心は　（八二一）

とか、また、

春は梅秋はまがきの菊の花自《おの》がじしこそ恋しかりけれ　（一〇六四）

とかの歌がある。これらの季節が旧暦であり、現在の季節の実感とは若干食いちがう部分をもつことはいうまでもないが、春と秋とが古来日本人を感じやすくした理由の大きなものに、日本列島の気象条件があったことは否定できないだろう。学者の説くところによると、気候の型を考えるのには温量（暖かさ）と乾湿度との二つの軸の組合わせが必要だが、本州の大部分は、温量において中国中部と同じく暖温帯に属し、かつ、アメリカ東部地方と同じように、大陸東岸地方の特性として夏に雨が多い。他方、ヨーロッパやカリフォルニアのような大陸西岸地方の気候は、同じ緯度でくらべると、夏は涼しいし、雨量も少な

い。雨は冬に多く降る。こういう条件が植物の生育に及ぼす影響は決定的であって、アルプス以北のヨーロッパの大部分が、明るい落葉樹林の世界であるのに対し、本州の大部分が、繁茂する、陰鬱な常緑樹林の世界である理由も、彼我の温量の差異、ならびに夏の雨の多少にもとづいている。夏が暑くしかも多湿である大陸東岸地方では、植物の要求する高温と水が同時に与えられるため、生命力にあふれた暖帯の照葉樹林が、南西日本の植物景観を決定する。植物生態学者吉良竜夫氏は、こういう特徴をあげて、「日本の在来文化の極端な植物依存性は、暖帯文明に必然的な性格のひとつであろう」という（「日本文化の自然環境」）。「本州南半部の夏の気温は、同季節の東南アジア諸国の気温と変わりなく、むしろそれを上まわりさえする。小笠原高気圧そのものは土用にはじまる日照りをもたらすが、梅雨前線や台風の刺激によって夏の間の雨量は、やはり熱帯諸国なみに多い。少なくとも南西部日本は、夏三〜四カ月のあいだ、熱帯のジャングル地域とおなじ気候に支配される。典型的な照葉樹林の環境とは、こういうものなのである。」

たしかに、このような気候のもとでのこのような「文化の極端な植物依存性」は、京・大和一帯を中心にして発展した文化の本質にも深く影響しているであろう。樹木や草花の変化が、貫之の右の詞書にもその一例がみられるように、たえず詩人たちの関心をひく。彼らは多様な植物の表情姿態を通して、季節の移りゆき、時の経過、生命の移行を自覚し、それを歌うのである。

こういう気象条件にもとづく自然環境の日本的特性が、漢詩文の影響を受けたやまとうたや、唐絵の影響を受けた屛風絵に、おのずと中国風でない日本的特性を賦与することにもなったであろう。

実際、貫之の詞書がありありと語っているように、当時皇族、貴族たちが争って新調し、豪華さを競ったにちがいない屛風絵の画題は、本来中国の山水画の中核をなしていた神仙世界的な小宇宙の表現でもなければ、また、神仙思想の系譜につらなる世捨人の山居思想の表現でもなく、現世肯定の上にたって移ろう時を敏感にみつめ、哀歓を尽す雅趣の表現にほかならなかった。それは貴顕子女の喜ぶ山野田園の風致、奏楽宴飲の、フェート・シャムペートル（田園のうたげ）の世界であって、「梅の花のもとに、男女群れゐつつ酒のみなどして、花を折りて」遊ぶといった、空間的にも時間的にもごく限られた地上的構図の中に、繊細、優美、精緻な心のたゆたいをとらえてゆくのである。

しかし、さすがに貫之の時代は、のちの新古今集の時代にくらべれば遥かに素朴であった。定家が「昔貫之歌心たくみにたけ及びがたく、言葉つよく、姿面白き様を好みて、余情妖艶の体を詠まず」と評したのは正鵠を射ていたように思われる。定家の理想とした余情妖艶の体、その背後にはただちに幽玄という言葉が横たわっているであろう歌体にくらべれば、貫之の歌はその組立てにおいても、その心また詞においても、まだよほど純情素直な、アルカイックな性質のものである。そこでは、不在のものへの注視によって現実が逆に反照されるところに詩的焦点を結ぶ余情の世界への傾きは、まだ強くない。作者の興味と努力は、漢詩に拮抗しうるやまとうたの創造という意欲からしても、譬喩、対比、枕詞・序詞、縁語・懸詞、擬人などの技法を駆使してゆくところに多く注がれた。貫之の作歌方法では、いろいろな形での対偶法あるいは対句《ついく》法的あしらいが支配的であることは、彼の歌をやや仔細にながめただけでも見てとりうるところである。そこには、言々相対し句々相並ぶ華麗煩縟な四六騈儷のスタイルが、奈良・平安朝漢文のみならず、和歌にもいちじるしい影響を及ぼしている一例を見ることもできるわけで、定家の「姿面白き様」という一見ほめことばとみえる評言には、おそらく貫之におけるそういう派手やかさの反面をなす、不在凝視の不徹底さへの愛想づかしがこめられていただろう。貫之の権威がまだなまなましく生きている時代に生れた定家の立場からすれば、それは当然必至の批判であったと感じられる。

しかし、すでにたびたび言ってきたように、貫之の歌を見るには、それが創りだされてきた時代にそれを置いて眺めることが必要であり、そうした上で、貫之が新味を出すのに苦心したところ、成功したところ、失敗したところを見てゆくべきであろう。

すでにしばしば作品をあげてきたが、以下貫之の屏風歌について見てゆくことにしたい。

八月駒迎へ

逢坂の関の清水に影見えていまや牽《ひ》くらむ望月《もちづき》の駒　（一四）

「延喜六年、月次《つきなみ》の屏風八帖が料の歌、四十五首、宣旨にてこれを奉る、廿首」とあるうちの八月の屏風絵につけた歌で、貫之の代表作のひとつと喧伝されてきたものだ。駒迎えとは、八月に宮中で諸国の馬を観る「駒牽き」（八月十六日）の行事に、東国から牽き上る駿馬を、逢坂の関まで役人が迎えに出ることをいう。望月は、直接には信濃望月の官牧（長野県佐久市）を指すが、同時に、八月十五夜の満月にもかけてある。逢坂の関の清水は名所として有名なところである。信濃の牧の駒を使が牽くとき、その清水に駒の影が映るであろうという。けれどもここの「影」には、清水に映る望月の皎々とした月影の意も当然含まれているので、この歌の晴れやかさも、そのような二重影像の巧みな活用から来ていることはいうまでもない。地名の望月と清水に映る望月、駒の影と月影、清水とそれに映る月、すべてが縁故や対応によってつながりつつ、イメジにおいても声調においても、いかにも晴れやかな張りのある一世界を描きだしている。こういう措辞における技巧が、結果として、空間表現の多層化に役立っていることを美徳として認めねばなるまい。なお、萩谷朴氏による貫之全歌集頭註では、信濃望月の駒牽きは八月二十三日とあることを付記しておく。私としては、この歌で満月の水に映る影がはたしている役割の重要性からして、八月十五夜の観月という行事、および十六日の禁中における駒牽きの行事という二つの行事を歌の背景に据えて読むのがふさわしいと見る。つまり、この関の清水の駒迎えを描いた屛風絵は、私の想像では、満月が東の空に浮かび出たさわやかな夕暮れの景であったろうと思われるのである。歌の一種清涼の気を含む調べは、その情景にふさわしかっただろう。

さらに言い足さねばならないことがある。「いまや牽くらむ」の「らむ」がはたしている不思議な役割のことだ。現に駒迎えの景が描かれている絵に、「らむ」という推量の助動詞を用いるのは奇妙である。奇妙であるにもかかわらず、ここで断定の助動詞を用いず、推量の助動詞を用いていることが、歌にのびやかさとふくらみをもたらしていることはどうやら否定できない。実をいえば、貫之の歌を見てゆくと、「らむ」の使用頻度の高さは驚くべきものがあって、婉曲な言いまわしと仮名文字による文学作品の創造との関係についてさまざまなことを考えさせさえする。貫之集の別歌の部に収められた歌（古今集三八一）を一例としてあげれば、

人を別れけるによめる

別れてふことは色にもあらなくに心に染《し》みてわびしかるらむ　（七七）

あるいはまた屏風歌に例をとれば、「延喜の御時、内裏《うち》の御屏風の歌、廿六首」とある中の、「山べ近く住む女どもの、野辺に遠く遊び離れて家のかたを見やりたる」という詞書の、画中の女たちになりかわって歌った二首。

野辺なるを人もなしとてわが宿に峯の白雲おりやゐるらむ　（二三〇）

立ちねとていひにやらまし白雲の訪《と》ふこともなく宿にゐるらむ　（二三一）

この二首などを見ると、「らむ」という婉曲の言いまわしが、屏風歌の場合、画中の景に時間の幅を与える役割をはたしていることに気づかされる。絵として定着された空間を少しでも流動的なものにするための工夫が働いていたように思われるのである。

しかし、それにしても、「逢坂の関の清水に」の歌における「らむ」は、現に眼前に描かれている情景を推量するという矛盾をあえてしているわけで、大胆な用法といわねばならない。このことは、すでに平安時代に注目されていたらしい。古今著聞集に面白い逸話がある。

天暦の御代、月次《つきなみ》の御屛風「擣衣」に平兼盛が歌をつけた。

秋深き雲居の雁の声すなり衣うつべき時や来ぬらむ

紀時文がその色紙形を書こうとして、ふと筆をとめ、疑問を呈した。「衣を擣つのを現に見ているのに、『衣うつべき時や来ぬらむ』と推測しているのはどうであろう」。すると兼盛は、「貫之がすでに『今や曳くらむ望月の駒』と言っている。その難は当らない」とやりかえした。時文は二の句をつげなかった。時文は貫之の子でありながら、親の歌を知らないとは、なんとも情ない浅劣な話だと、古今著聞集の作者は付け加えている。時文は後撰集の撰者にも加わっているほどの人物であり、父の有名な歌を知らなかったはずもないが、この逸話は、「らむ」という推量の助動詞の、隅におけないくせもの性と重要性を語って印象的である。「逢坂の関の清水」の歌が名歌とされてきたのには、この「らむ」の、常識をやぶった働きの成功があったことを見るべきなのである。

ゆかりとも聞えぬものを山吹の蛙《かはづ》が声に匂ひけるかな　（二五四）

「京極の権中納言〔藤原兼輔〕の屏風の料の歌、廿首」のうち、春の一首。貫之にはこのような新鮮な感覚的作品もあった。すでに引いた「秋の月光さやけみもみぢ葉のおつる影さへ見えわたるかな」（一〇三。後撰集に収む）を思い合わすべきであろう。「秋の月」の歌は延喜年間、「ゆかりとも」の歌は延長六、七年ころの作で、前者は貫之三十〜四十歳代、後者は五十七、八歳のころの作である。

いつごろの作か不明だが、

題知らず

胡蝶にも似たるものかな花薄《はなすすき》恋しき人に見すべかりけり　（一〇四九）

がある。蕪村風ともよぶべきか。私はこの歌の、さらりと詠み下された素直で心に沁みる調べから、これはむしろ晩年の作ではないかと感じている。貫之という人は、面白いことに、晩年になってからの方が、正述心緒風の、心直《す》ぐなる歌を多く書いているのである。土左日記に出てくる歌からもそれは感じられるし、年代の明らかな歌の多い屏風歌について見ていっても、それは明らかな特徴だといえるのだ。これは私が貫之について感心させられることのひとつである。

このように書くと、それに関連する一、二の歌をあげねばならないだろう。後撰集および拾遺集所収の最晩年の歌を引く。

三月の晦日《つごもり》の日、久しう参で来ぬ由云ひて侍る文の奥に書き附け侍りける

またも来む時ぞと思へど頼まれぬ我身にしあれば惜しき春かな　〔八五五〕

貫之、斯くて同じ年になん身まかりにける〔これは後撰集編者の註〕。

世の中心細く、つねの心ちもせざりければ、源の公忠《きんただ》の朝臣のもとにこの歌をやりける。このあひだに病重くなりにけり

手にむすぶ水に宿れる月影のあるかなきかの世にこそありけれ　〔八五六〕

後に人の云ふを聞けば、この歌は返しせむと思へど、いそぎもせぬほどに失せにければ、驚きあはれがりて、かの歌に返しよみて、愛宕《おたぎ》にて誦経《ずきやう》して、河原にてなむや

かせける〔歌は拾遺集に所収。後註は貫之集編者の註による〕。

天慶八年（九四五）の三月および九月ころの作（貫之七十四歳ころ）とみられ、もちろん後者は絶筆というわけである。前者の哀愁、後者の諦念、いずれも心情の素直な表白を離れては得られなかった沁み沁みとした調べをもっている。後者において、あの「水に映るもの」のイメジが、まさに生涯最後の表現となって現れているのも、運命的なものを感じさせる。

思ひかね妹がり行けば冬の夜の河風寒み千鳥なくなり（三三九）

承平六年春、左衛門の督《かみ》藤原実頼の屛風の歌。例の子規が、この歌だけは貫之の歌で見られるものとした作だが、格別の秀歌ではない。道具だてが整いすぎていて、感はさして深くない。ただ、いかにも屛風絵の情景には適った歌だったであろう。古来よく知られてきたことの理由もおのずと察せられる。

野山に花の木掘れり

山野には咲けるかひなし色見つつ花と知るべき宿に植ゑなむ　（四七）

天慶二年、宰相の中将（藤原敦忠）の屛風のための歌廿三首のうちのひとつ。格別目立つ歌ではない。ただ、山野に咲いている花（桜であろう）を、観賞の目的で人家の庭に移し植えるということが歌われているのは注目してよい。それは、人の所有すべき「風景」というものの自覚、つまり「文明」の自覚の表現にほかならない。同じ一連の屛風歌の中に、次の二首もある。春の桜のころの画題である。

男、女の家にいたりてとぶらひたる

草も木もありとは見れど吹く風に君が年月いかがとぞ思ふ　（四二）

返し、女

桜花かつ散りながら年月はわが身にのみぞ積るべらなる　（四三）

さながら伊勢物語の短章の趣きがある。屛風歌の作意が、おのずと虚構性、物語性を歌の世界に生みだしてゆくことになる点については、すでにのべたことなので繰返さない。

しかし、これらの歌を眺めていると、屏風歌が歌物語に発展してゆく必然性が素直に理解されるのである。発生史的にいえば、屏風歌が歌物語の源流をなしたとはいえないが、内容的にいえば、伊勢物語的世界は屏風歌の世界にぴったりと接しているのである。

しかし、私は貫之の屏風歌の、もう一つの注目すべき要素として、さきにもふれた通り、晩年に及ぶに従ってむしろさわやかさと張りを増してゆく調べのことを指摘しておきたい。「おなじ年（天慶四年・貫之七十歳ころ）三月、内裏《うち》の御屏風の料の歌、廿八首」とある一連について見る。例によって月次《つきなみ》の屏風につけたものであろう、元日から大晦日までの行事の絵に合わせた二十八首（ということは、屏風数帖に及んで歌をつけたわけだろう）の中に、

夏神楽

行く水のうへにいはへる河社《かはやしろ》川波たかく遊ぶなるかな　（四八一）

初雁を聞ける

初雁の声につけてや久方の空の秋をも人に〔「人は」か〕知るらむ　（四八三）

鹿の啼ける

啼く鹿の声をとめつつ秋萩の咲ける尾上《をのへ》にわれは来にけり　（四八四）

これらの歌、その内容はいずれも貫之にとってお手のものだった季節感の描出だが、修辞における一種の派手っぽさ、匠気は消え去り、代りに、ある闊達な単純さが、調べに張りをもたらしているのを見ることができる。それは、「同じ〔天慶〕五年、亭子院の御屛風の料に歌廿首」とある中の、

三吉野の吉野の山に春霞立つと見る見る雪ぞまた降る　（四九六）
花鳥もみな行きかひてむば玉の夜のまに今日の夏は来にけり　（五〇四）
遥かにも声のするかな時鳥《ほととぎす》木のくれ高く鳴けばなりけり　（五〇五）
つとめてぞ見るべかりける花薄《はなすすき》招くかたにや秋は去《い》ぬらむ　（五一一）

これらにも共通の性格である。総じて晩年の作に、「かな」「けり」の使用が目立ち、調べに一種万葉ぶりともいうべき要素がそなわってきているのは注目される。貫之は晩年になって、万葉集に親しんだのではないかと想像されるのである。

貫之は承平五年（九三五）、推定六十四歳の二月に土佐から帰京、以後天慶三年（九四〇）、推定六十九歳の三月に玄蕃頭となり、五月十四日に旧のごとく朱雀院別当に補され

るまで、数年のあいだ官職なく暮している。その間、帰京直後から、摂政藤原忠平や、その二子実頼・師輔に、しきりに官職なきを訴えており、天慶五年、七十一歳ころになってさえ、なお、実頼に不遇を訴えたりしている。六十歳代、七十歳代に入っての猟官運動はみじめなものであっただろう。しかし、彼はその間、屛風歌の作者としてはむしろ生涯で最も多忙だったといってよいほどであり、天慶六年、大納言師輔が父の摂政忠平に借りた魚袋《ぎよたい》を返却するにあたって、わざわざ貫之に礼の和歌の代作を依頼にやってきた話（大鏡）でも明らかなように、一世に鬱然たる巨匠と仰がれてもいたのである。それだけに、この間の作になる歌が、右にも見たように、技巧を深く沈め、張りのある声調で一息に詠み下した感じのものになってきている点は、注目すべきことといわねばならないのである。あるいは土左日記の執筆というような事が、この時期の心的状態に若々しい緊張をもたらしたのであろうか。それも考えられないことではない。

神無月時雨に染めてもみぢ葉を錦に織れる神無備の杜《もり》　（五二）

今しがた引いた天慶五年の屛風歌群の一つである。神無月と神無備との照応を利用してはいるが、修辞的な処理という感じを与えないのは、全体の調べに一本筋が通っているか

らである。貫之には、おそらく中年時代の作であろうと思われる、

むかし、人の家に酒のみ遊びけるに、桜の散るさかりにて、人々花を題にて歌よみしついでに

散るがうへに散りも紛ふか桜花かくてぞ去年《こぞ》の春も過ぎにし　（八〇〇）

という秀作があるが、晩年の右にあげたような作は、彼の中にあるこのような一息に詠み下す抒情を、技巧への配慮によって妨げられたりすることなく、自然に流露させているもののように思われる。天慶六年あるいは七年の四月に、内侍《ないし》の屛風のためにつくられた歌十二首の十一番目に、次の歌がある。

声高く遊ぶなるかな足曳きの山人いまぞかへるべらなる　（五二八）

十一月神楽の屛風であることは明らかである。山人は仙人を指すようだ。仙人の奏楽という主題は、現世的な世界を多年うたいつづけてきた貫之の歌の中ではやや異色である。もっとも、神楽という行事に縁故があってこの主題が出てきたことは事実だが、「声高く

遊ぶなるかな」という二句切れの、万葉調にかえったような朗らかな歌いぶりは、やはり目を引くのだ。この詠い上げは、すでに引いた、「胡蝶にも似たるものかな花薄恋しき人に見すべかりけり」を想起させる。最晩年に至ってこういう歌を詠み得た人だったということは、彼がいわゆる宮廷・貴族社会の御用歌人的な位置にいたというような概論的な知識を離れて、充分に味わい、認めねばならない大切な人間論の問題であろう。

七　恋歌を通してどんな貫之が見えてくるか

貫之集第一から第四までの「屏風歌の部」五百三十九首につづいて、第五は「恋歌の部」である。作者に存疑のもの、重出歌、他人からの返歌などを除いて、貫之作の恋の歌の数は百四十八首である。貫之集はさらに第六「賀歌の部」、第七「別歌の部」、第八「哀傷歌の部」、第九「雑歌の部」に分れ、総数八百六十四首だが、屏風歌と恋歌を合わせると六百八十七首となり、全体の約八割を占める。恋の歌だけをとっていえば、全体の約一・七割を占める。もっとも、雑歌の部にも、恋歌とみてさしつかえないものがまじっており、さらに、すでに第二章でもふれた通り、萩谷朴氏の編んだ貫之全歌集では、貫之集以外から拾い出された歌が計二百首もあって、その中には、やはり少なからぬ恋の歌がまじっている。また、これもすでにのべたように、四季の歌を主体とする屏風歌の中には、その虚構性に支えられて、季節の景物や心を歌っているとみせつつ実は恋を匂わせている歌が少なくない。

つまり貫之には、恋の歌も屏風歌に劣らず相応に多いというわけである。けれども、注意すべきことは、貫之の恋歌の発想は、決して近代の歌人、詩人の恋歌の発想と同じではないという点である。とりわけ、古今集に入集している貫之の恋の歌は、いわば恋の情緒についての一般的概念を、詩的レトリックに託して、いかに趣きあり見どころある形にうたいあげるかというところに力点を置いて作られたものであって、およそ恋歌というものに個人の最も赤裸な心情の叫びを聞きとろうとする読者には、作りものと映るにちがいないような性質のものであった。けれども、心緒のひたぶるの吐露ということは、もとより恋の歌の常道であって、貫之も、また古今集の名ある歌人たちも、そのことについて格別無知だったわけではない。和歌が、何よりもまず男女の間で心を通わすものとして、その実用的価値において命脈を保ってきたということは、古今集仮名序においても明瞭に認識されていた通りである。にもかかわらず、貫之が、とりわけ古今集撰進当時の自作恋歌において、自分自身の感情の赤裸な吐露よりは、恋のさまざまな段階の姿かたちを、見映えあるよう、また言葉の面白味あるよう歌うことに、技巧をこらしていることは、いわば男女の恋という「自然」を、情趣を味い、言葉をよろこぶ「文明」のひとつの形にまで高めようとしたことを意味していただろう。

そのことが、結果として貫之（また他の古今歌人たち）の歌から素朴で情熱的な力を奪ったということは否定できない。その代り、貫之（また他の古今歌人たち）は、恋の歌を通して、言葉そのものが互いのあいだで演じる牽き合いのふしぎな魅力を語ることができた。貫之について見る前に、他の歌人の作を二、三あげてみる。古今集巻第十一、恋歌一の中から――

春日の祭にまかれりける時に、物見にいでたりける女のもとに、家をたづねてつかはせりける　みぶの忠岑

春日野の雪まを分けて生ひいでくる草のはつかに見えし君はも　（古今集四七八）

ほのかに見た女への恋である。「春日野の……生ひいでくる草の」までは、「はつかに」の「は」、つまり「葉」一音にかかる長い序詞であるが、この「葉」は、下句の「はつかに見えし君はも」の中にふたたび解消されてゆく。全体はほのかに相まみえた女の、あたかも春日野の雪間を分けて生い出でた若草の葉のような可憐で新鮮な印象をつたえてみごとである。ただひとつの音が、二つあるいはそれ以上の影像の重なり合いの機縁となり、そのことを通じて、ただひとつの歌が、和声法的にも対位法的にも形づくられてゆき、ふくらみとニュアンスを増してゆくのである。

たしかに、万葉集の歌は、大胆に括っていえば、リズムと旋律の鮮やかさによって私たちの耳をうつのに対し、古今集の歌は、和声法的効果によって私たちの耳に沁み通ってく

る。私はさきの章で、「合わす」ということがいかに古今集的表現の重要な特徴であるかをのべたが、たしかに古今の歌人たちは、自分の発する声が、他の声（それがたとえ、自分自身のもう一つの声であっても）と絡み合い縒り合わさることによって、一層よく響くようになることを信じていたように思われる。それはそれで、ひとつの「文明」のありかたを示すものではなかったろうか。

歌合という行事がこの時代に盛んになったことは、単にそれだけの孤立した現象とは思われない。「合わす」ことによって成立つ晴儀遊宴は、他にも菊合・女郎花合・前栽合・紅葉合・花合・貝合・蛍合・虫合・小鳥合・絵合・薫物合・小筥合・扇合・枕合等々の物合があった。萩谷朴氏は、歌合については、それがこれら物合の系列よりは、むしろ相撲・賭射・競馬その他、競技《わざくらべ》を原則とする武技・遊芸の系列に立つ性格をもっていると説いている。たしかに、菊合をはじめとする物合には、競技というよりは、豪華な宴という性格の方が強かったろうが、歌合は、その判詞についてみても、左右の歌の勝ち負けの判定についてはなかなかうるさい原則もあり、召された歌人たちにとっては、武技に劣らぬ競技の場であったにちがいない。そういう緊張の中でも、たとえば宇多院みずから判者になった場合など、わが歌にまさる歌があるわけがないではないか、として、院の歌に合わせられた貫之の歌があえなく負けを宣せられるような、遊びの一面が保たれていた。

ところで、国語学者によると、「押さふ」「とらふ」などの語は、「押す」「とる」の連用形「押し」「とり」に、「合ふ」がついたものだという。押し合ふ→押さふ。押して合わせる、つまり、相手の力にわが力を合わせてゆくことが、押さえるという言葉の本義だったというわけで、その点からすれば、通常敵対的な意味を含んでいるはずの押さえる、とらえるといった語にさえ、合わす意思が働いていることになろう。

歌合に競技性と遊戯性とがわかちがたく結びついていることも、このような点を考え合わせてみるとなかなか面白い。歌合だけではない。連歌、連句という、これもまたきわめて日本的な詩歌ジャンルについても、同様のことが考えられる。さらに、一首の中に、歌そのものがあらわしている意味とはまったく無関係に、一つないしそれ以上の物の名をさりげなく詠みこんでいる物名歌をあげてもよかろう。

からさき（唐崎）　伊勢

波の花沖からさきて散り来めり水の春とは風やなるらむ　（古今集四五九）

「水の春」とは面白い表現で、のちのちの「麦の秋」のような季語が生じてくる源流を思わせるが、四季というものの精緻な理念化、概念化に熱中した古今歌人たちは、水にまで四季があると見なし、沖合から波の花を咲かせてやってくる風を、桜を咲かす春とはまた別の、もう一つの春と見たてたわけである。

かみやがは（紙屋川）　　つらゆき

うば玉のわが黒髪やかはるらむ鏡の影にふれる白雪　　（古今集四六〇）

鏡に映る自分の面影に、白髪がたくさんまじっているのを白雪に見たてた趣向である。古今集撰進当時の貫之は、まだ三十代の壮年で黒髪だったはずだから、これは「かみやがは」（わがくろかみやかはるらむ）という題による題詠にちがいない。

これらは遊びの性質の強いものである。しかし、合わすという働きが認められるという点で、注目してよいものだ。「本歌取り」という、日本古典詩歌の重要な方法の一つも、合わすという精神の最も興味ぶかいあらわれを示している。

こうしてみると、「合わす」ということは、日本の詩学の根本原理ということになるのではないかとさえ考えられるのである。和歌において特に顕著な一特徴として、いくつもの影像を重ね合わせ、互いに融け合わせて、ある象徴的気分をかもしだすという方法があって、それはやがて、方法という自覚さえないほど身についた生地になっていった。平家物語のような、軍記物語としての性格を多分にもつ物語においてさえ、この方法は常套的となり、やがては謡曲の詞章にも、浄瑠璃その他の音曲にも流れてゆき、『若菜集』のような近代の詩集にさえその余響をとどめることになる。これはさらに、狂歌、狂句のたぐいにみられる語呂合わせにも通じることであろうし、「なんだ神田の明神下で」風のおびただしい民間の言葉遊びにまでその裾野はひろがっていると見てよいことでもあろう。

詩歌における革新ということは、単純には論じ難いことだが、少なくともその一つの様態に、野性的で率直な肉声の解放ということがあるのは否定できない。そういう解放への欲求が高まるたびに、古今集的伝統が眼の敵にされるということは意味ぶかい。野性的で率直な肉声は、合わすことよりは、孤り虚空にむかって声を放つことを目指すからである。子規の主張は、すでに見た通り、古人の糟粕をなめることを下の下とした。それはリアリズムを説くこととロマンティシズムとの一致を示していたが、そういう意味でのリアリズムもロマンティシズムも、貫之らの関心の中心にはなかったのである。

初雁《はつかり》のはつかに声を聞きしより中空にのみ物を思ふかな　（古今集四八一）

凡河内躬恒の恋の歌である。「初雁」が、「はつか」にも「声」にも「中空」にもかかわり、ハーモニーを生みつつ、結局は「物を思ふ」という心の状態に変容してゆく。「空」を眺め、物を思うという状態は、平安朝歌人たちの見出した憧れの形象のうち最も普遍的なもののひとつであろうが、空を眺める心は、「物」に即《つ》くよりは「事」に即く心であって、リアリズムというものが、物に即して細やかな観察をすることに基礎を置くとするならば、この態度からリアリズムが生れることはまずあり得ない。しかし、代りに、そこでは、「事」のもつ複合的な性質に見合うようにして、言葉の複合的な働きが詩人たちの注意をひくことになる。それは、眼よりは耳、それも心耳の世界に深くかかわりを持つものであって、そこにもう一つのリアリズムを見てとろうと思えば、できないことはないのである。

夕暮は雲のはたてに物ぞ思ふ天つ空なる人を恋ふとて　（古今集四八四）

よみ人しらずの歌である。この歌を、私は右にのべたことの例証のために引いたわけではない。ひとえに、この歌への愛著のためである。古今集の恋歌の好ましさをいうなら、当面の対象である貫之の歌よりも、まずもって多くの「よみ人しらず」の歌をあげたいというのが私の気持であった。実をいえば、私は今度この本のために貫之の歌をこまかく読んでから、貫之に対する親しみを増し、歌の評価でも、以前よりはずっと高い点をつけるようになったのだが、少なくとも古今集に入っている歌で較べる限り、貫之の恋の歌は、多くの「よみ人しらず」の恋歌ほどの魅力を持たない。その大きな理由のひとつが、「よみ人しらず」の歌の古風に対して貫之の歌があえて新風をねらっている点にある、といえば、右に書いてきた古今集における「文明」の、長所がすなわち短所にもなるむつかしい点にふれることになるわけだが、実際そういう問題がここにはある。

古風と新風という問題について考えるなら、たとえば同じ片恋という主題において、貫之の親友である躬恒と貫之とが、互いにどんなにちがう歌をつくっているかを見るがよい。

ひとりして物を思へば秋の田の稲葉のそよといふ人のなき　（古今集五八四）

これは躬恒の歌。

手も触れで月日経にける白真弓《しらまゆみ》おきふし夜はいこそ寝られね　（古今集六〇五）

これは貫之の歌。

躬恒の歌の「そよ」は、稲葉の葉ずれの音と、「それよ」、つまり第三者が作者の恋のなげきに同感して発すべき「それよ、その恋のつらさなら私にも……」という慰めの言葉との二つにかかっている。そして全体としては、そよとも音をたてぬ一人の不在の女のイメジを漂わせた歌である。その点で、歌は技巧を欠いてはいない。けれども、技巧をこえて、ある種の素朴な実感がここにはある。「秋の田の稲葉」という序詞には、万葉風の味いさえある。

これに対して貫之の歌は「白真弓」までの上三句が、「おきふし」の序詞となっている。弓を用いるのに、弓末《ゆずえ》を起してまた伏せるところから、「おきふし」という弓の射法の名称が生れたというが、それをここではわが身の「起き伏し」に転じ、さらに「いこそ寝られね」の「い」に、「寝《い》」と弓の縁語の「射《い》」をかけている。弓術の語を恋の歌に用いたところなど、いわば距離の遠いもの同士を一瞬に結び合わす技巧を尽したものである。そして、この歌は、全体としては、手も触れずに長い間思い焦がれている白真弓のような乙女のイメジを漂わせる。躬恒の歌にくらべ、取材の華やかさ、また一種放れ業を思わせる技巧上の業師ぶりを見ることができるだろう。躬恒のやや古風な歌と貫之の新風の歌と、どちらがすぐれているかという問は、この場合あまり意味がない。結局どちらを好くかという問題に帰着することで、古来、貫之と躬恒について優劣の論がしばしばもちあがったのも、結局はそこに原因があったのだろう。躬恒の実感に即した古風の清新さ、また沈潜的な感覚の鋭さは捨てがたい。一方、貫之の強引な力業を示す新風にもそれ相応の迫力がある。

と、そんな風に思いつつ、「よみ人しらず」の歌を読むと、ああ、やっぱりこれだ、と思ってしまう。専門歌人たる、また辛いかな、である。

以下、貫之の恋の歌を、主に貫之集の順序に従って見てゆく。貫之集の恋歌は必ずしも屛風歌のように年代順に作品を並べてはいない。まだ見ぬ恋の歌から始めて、恋の終りまでの歌を再構成したというわけでもない。その点ではやや頼りない感じがある。しかし、全体を通して見るとき、いかに貫之の恋の歌が、恋の実態ではなく、恋の情趣、言いかえれば、恋の前味、後味に重点をおいてうたわれているかを、一望のもとに見てとりうる点で、なかなか面白いのである。作品番号は、先立つ各章の場合と同様、特に記さないかぎりは、萩谷氏編の「貫之全歌集」の番号による。

吉野川岩波高く行く水の早くぞ人を思ひそめてし　（五四三）

上三句は「早くぞ」の序詞。しかし、こういう序詞の働きは、本来、目にもとまらぬほどのすばやさで、歌全体のかもしだす諧調に融け合っていなければならない。その場合、重要なのは、一首の歌の耳に響く音のつらなり、つまり調べのユニゾンであって、この歌はその点で成功していると感じられる。胸の高まりが、せきあげるような一種の急調子をともなって表現されている。

逢ふことは雲居遥かに鳴る神の音に聞きつつ恋ひやわたらむ　（五四四）

この歌でも貫之の、張りのある調べ、高い調子を好む性格がうかがわれる。技巧にしばしば力業を示した貫之の特徴を示す歌であろう。しかし、逢うことが遠く遥かになってしまった女への思慕と、鳴る神（雷鳴）の音のように聞えてくるその女の噂との、二つの事象の間の感覚的不釣合は覆いがたい。言葉の興味にふけって、心情の実際から遠ざかることを恐れなかった時代の風を示すもので、意味を考えるなら、少なくとも現在の私たちの感覚からすると、この歌の技法は実感的ではない。しかし、この歌でも、今言った調べの上での一本の筋は通っている。

波にのみ濡れつるものを吹く風のたよりうれしき蜑《あま》の釣舟《つりふね》　（五四六）

これは、この歌だけではよくわからない。後撰集「雑歌」の部に収める歌で、詞書に言う。「住み侍りける女、宮仕し侍りけるを、友達なる女、同じ車にて貫之が家に参うで来たりけり。貫之が妻《め》、賓《まらうど》に饗《あるじ》せんとて、まかり下《お》りて侍りける程に、彼の女を思ひ掛けて侍りければ、忍びて車に云ひ入れ侍りける。」

「住む」とは、男が女のもとに通いつづけてその女を自分のものとしていることをいう。詞書の意味は、以前馴染んでいた、今は宮仕えの女が、たまたま朋輩の女の牛車に同乗して、貫之の家にやってきた。貫之の妻が客に饗応しようと台所へと退いているあいだに、かねて女に心を残していた貫之が、妻の目を盗んで車中の女に言い入れさせた歌、というのである。歌の意は、自分を海士《あま》の釣舟にたとえ、女に逢えずにいたことを、釣舟が風の便りがないために沖に出られず、岸につながれていたずらに波にうたれていたことにたとえ、さらに、舟が波に濡れるさまを、女に逢えずに涙をこぼしつづけて衣を濡らしていたことにかけ、さて、彼女の友だちが彼女を連れてきてくれたことを、釣舟にとって幸先のいい風の便りの嬉しさといったものである。歌としてはつまらない作である。ただ、貫之の生活のある側面が出ているところが面白い。詞書は、その文面からみて、貫之自身のものとは思われない。後撰集の撰者がつけたものと思われる。後撰集の撰者の一人は紀時文、すなわち貫之の息子であって、この詞書は時文の書いたものと考えるのが自然であろう。もし、ここでいわれている「貫之が妻」が、時文の生みの母だったとしたら、父親が母親の目をかすめて昔の女にちょっかいを出す歌を、息子がわざわざ詞書までつけて勅撰集に入れたことになる。しかし、当時のことだから、彼らの間柄が実際にどんな関係だったのかわからない。貫之に、妻とよばれる人が一人だけだったかどうかも明らかでない。さりとて、詞書が全くの創作であるということもちょっと考えられまい。時文が撰者に加わりながら、亡父の歌をわざわざこんな風に虚構することは考えられないからである。貫之には、実際こんな好色的な側面があったにちがいないのである。土左日記には好色的なくすぐりの一節があって、女手の日記という建前をみずから裏切っているというのは、よく知られた事柄である。右の歌に関連して、その点に触れておくのがよいだろう。

土左日記一月十三日のくだりは、室津滞在中の一行の女たちが、暁方、まだ十二夜の明るい月が輝いている海に入ってゆあみする有様を叙べる。

十三日《(とをかあまりみか)》のあかつきに、いさゝかにあめふる。しばしありてやみぬ。をんなこれかれ、ゆあみ《(浴)》などせんとて、あたりのよろしきところにおりてゆく。うみをみやれば、

くもみななみとぞみゆるあま《(海人)》もがないづれかうみととひてしるべく

となんうたよめる。さて、とうか《(十日)》あまりなれば、つきおもしろし。ふねにのりはじめしひより、ふねにはくれなゐ《(紅)》こくよききぬ《(衣)》きず。それはうみのかみにおぢ《(怖)》てといひて。なにのあしかげ《(葦蔭)》にことづけて、ほや《(老海鼠)》のつま《(交)》のいずし《(貽貝鮨)》、すしあはび《(鮨鮑)》をぞ、こゝろにもあらぬはぎ《(脛)》にあげてみせける。

「なにのあしかげにことづけて」の、「あし」は葦と悪《あ》しとをかけたものである。女たちは、土佐で乗船したときから、紅の美しい着物など着ていない。それは、海神に好かれるのを恐れてであるということなのに、この時ばかりはまあ惜しげもなく、という気持で「なにのあしかげ……」の一節がくる。「なんのかまうことがあるでしょう、とばかり、なにほどの身を隠す足しにもならない葦の蔭を頼りに、老海鼠《ほや》と貽貝《いがい》の肉を交ぜてつくった鮨や、鮑でつくった鮨を、思わず着物を脛までたくしあげて見せてしまったことでした」。

およそこんな意味になるのだろう。ここで出てくる老海鼠は、なまこに似た海産動物で、男性の象徴を思わせる。安西冬衛の詩集『軍艦茉莉』に、このホヤの奇妙にエロティックなイメジを利用した謎めいた一行詩「輪廻」があることを思い出す。「白雲地中に凝つて草石蚕《ちよろぎ》生じ。海老鼠木《ほや》の股に寄生木《ほや》となる。」というのである。「ほやのつまのいずし」は、「延喜式」に「貽貝保夜交鮨」とあって、貽貝とほやとを交ぜ合わせて作った鮨の意味かとされているが、「つま」はまた「妻」でもあって、「ほやの妻である貽貝」という含意が当然あろう。貽貝もあわびも、女性の象徴であろうから、右の一節にいう「ほやのつまのいずし、すしあはび」は、女性の隠しどころということになる。古来、そういうことに解されていて、そこで、貫之が女性に仮託したたくらみも、こんなところで馬脚をあらわしたということになってくる。しかし貫之があくまで女に化けてしらを切り通すつもりだったかどうか、私には疑わしい。仮名文でこれだけ簡潔な文章を書ける人間が当代の男女を通じて他にいるはずもないことぐらい、彼は百も承知だったであろうし、もしこれを公表すれば作者が前土佐国守紀貫之以外の何ものでもないことぐらい、すぐに知れわたることも予想していたであろう。だからこそ、好色的なくすぐりをも意識的にまじえて、これを読むはずの男性読者たちにサーヴィスしたと考えられるのである。

それに、これはこの一節ばかりではないが、土左日記は出来すぎていると思わせるほどみごとに構成された一日一日の記述でつながれていて、はたしてこれが土佐からの帰国の旅を忠実に叙したものなのかどうか、疑おうと思えばいくらでも疑えそうなところがある。第一、一日の記述洩れもないこと自体、実際の旅の日記の実情にはかえってそぐわない感じがあるし、右に引いた一節についていえば、女たちが暁、まだ暗いうちにゆあみするというのも、いささか異様な感じがある。一月十三日の暁方といえば、いかに南国の海とはいえ、女たちのゆあみに適した水温とは思われない。しかも雨が降りみ降らずみという天候なのである。貫之は、あるいは、十二夜の、満月に近い月の光が雨後の海面に鏡のように照る情景に、裾をからげて浅瀬にたたずむ女たちの姿を置いて、ひとり悦に入りながらこれを書いたものでもあろうか。

私はこういうことを書いても、貫之を誣いることにはなるまいと思う。折口信夫はもっとひどいことを書いている。曰く、「『土佐日記』は、これまでの伝へを信じると、紀貫之が土佐から帰つて来る時のことを書いたものとしてゐるが、どうか訣らぬ。初めに記されてゐる『男もすなる日記といふものを、女もして見むとて云々』とあるのは、普通の解釈では、貫之が女の真似をして書いたのだとしてゐる。日記は、漢字で書くものだが、自分は仮名で書いて見るといふので、貫之は、自身のことを客観視して書いてゐるといふことになる。内容は、男の生活が書かれてゐて、処々面白い点もあるが、全体的に、殺風景で、文学的なものではない。舟唄などをとり入れて、おどけてゐる処がよいだけで、全く下らぬものだが、比較的よい影響を後世に与へてゐる。(平安朝のものでは、短いものは伊勢、長いものは源氏物語を研究すればよいので、他の傍系のものに身を打ち込んで研究すべきではない。)」(「後期王朝の文学」)

何ともぶっきら棒のパンチを浴びせるものである。土左日記をまじめに研究しようなどという人間は愚の骨頂というわけで、いっそ痛快の趣きさえある。

私は必ずしも折口氏の意見に同感はしない。大体、日記というジャンルは、決して読みやすいものではないことは、かげろふ日記や和泉式部日記についてみてもいえることで、土左日記も例外ではなく、註釈書に頼らねばとてもすらすらと読み通すわけにはいかない。けれども、一たんその大凡を呑みこんで、もう一度一息に読んでみると、この日記の記述が、一日一日の長短のリズムといい、数多い歌の配置やそれへの鑑賞的・批評的・作歌指導的論評といい、また風景の描写、往時への回想といい、土佐在任中になくした幼い娘への歎きの繰返しあらわれるテーマ音楽的効果といい、また、さきに例をあげたようなエロティシズムや諷刺、皮肉、諧謔の味つけといい、悪役じみた役割で登場する鈍感な楫とりや舟子たちの描写といい、それぞれに所を得て興味を巧みにつなぎとめるように書かれてあることに気付くのである。

いずれにせよ、後撰集「波にのみ濡れつるものを」の歌の、詞書によって知られる背景は、貫之という人の、いわば食えない一面を示していると見ることができ、それと物語作者としての貫之の親近性を考えさせずにはおかないことを指摘しておこう。

石《いそ》の上布留野《かみふるの》の道の草分けて清水汲みにはまたも帰らむ　（五七八）

この歌もまた、昔の恋人、しかもお互い、相手の誠実さの度合いも、遊び気分の度合いもよく呑みこめている男女の仲での、思い出したように火がついてはなつかしく恋しくなるといった心情を背景にした歌であろう。誘いかけの歌として、しっとりしたなかに一抹のアンニュイも漂い、うなずかれる歌である。

いにしへになほ立ちかへる心かな恋ひしきごとにもの忘れせで　（五七九）

「石《いそ》の上《かみ》布留野の道」の歌に続いて貫之集にのっている歌。恋の心のふしぎさ、歳月に対するその蘇活作用を歌って心に沁みる観察のある歌だ。前の歌とこれを並べて置いた貫之集編者のねらいもうかがわれる。これらの作には、壮年・初老時代の実生活があまり明らかでない貫之の、それ相応にさまざまな経験もあったにちがいない恋愛遍歴が、おのずとにじみ出ているように感じられる。そのことは、「あはれ」という語を頭に置いた三首の歌を、明らかに意識的に並べている次の例を見れば、ますますはっきりしてくるだろう。

あはれとも恋しとも思ふ色なれや落つる涙に袖のそむらむ　（五八三）
あはれてふことに印《しるし》はなけれども云はではえこそあらぬものなれ　（五八四）
あはれてふことにあかねば世の中を涙にうかぶわが身なりけり　（五八五）

この中では、真中の歌がとくにすぐれている。貫之という人の心の保ちようが、この歌にはよくあらわれていると感じられる。この歌も後撰集「雑歌」の部に収める。詞書に曰く、「ある所にて、簾《す》の前に彼れ是れ物語し侍りけるを聞きて、内より女の声にて『あやしく物の哀れ知り顔なる翁かな』と云ふを聞きて」。簾の中にいる女がどんな女かは明らかでないが、貫之などからすれば高貴の人であったのではないかと想像される。その前で貫之が、かれこれ（この「彼れ是れ」を、「彼此」と書いている本もあり、そう書けば、男同士の誰彼《たれかれ》が、という意味にもなろう）物語している。その物語は、男女のことをはじめとする人間世界一般、あるいは自然の美しさについてふれるものだったろうが、それが、

「あやしく物のあはれ知り顔」にひびいたのを、女が感心して批評したというのである。女の物言いには、やや思いあがったところがあるようだが、あるいはまだ若い高貴の女であろうか。これに対する貫之の歌の調子には、どこか相手をさとすようなところもみえる。と同時に、いつも考えていることがごく自然に口をついて出てきて、それがおのずと省察的な物言いになった節もみられる。「あはれ」ということに、格別これぞといった特徴、しるしがあるわけではない。けれども、「あはれ」と感じたときには、なぜか人間はそれを口に出して言わずにはいられないものなのだ、というのである。重味のある言い方で、風格というものがおのずとそなわった歌いぶりである。貫之の力量を充分に示した秀作であろう。古今集仮名序で、歌というものは「めに見えぬ鬼神をも、あはれとおもはせ」（真名序では「鬼神ヲ感ゼシメ」）るというふうに使われ、また小町を評したところでは「あはれなるやうにて、つよからず」（真名序では、「艶ニシテ気力無シ」）というふうに使われていた「あはれ」の語は、ここで一層重々しい人生的陰翳をともなって歌に定着されている。情趣の世界に芽生えた「もののあはれ」が、一つの人生観にまで深められてゆく経路が、まのあたりに見られるともいえるだろう。

思ひあまり恋ひしきときは宿離《か》れてあくがれぬべき心ちこそすれ　（六一八）

貫之にはこのような直情的表現もあるのだ。

わびわたるわが身は露をおなじくば君が垣根の草に消えなむ　（六二七）

これも同じだが、素朴さを残しつつ、妖艶余情の領域に入りつつあるものといえようか。いったい、はかなく消えてゆく白露、その清らかさと短命な美しさに心を託した表現は当時の歌に少なくない。貫之の作の一例をあげれば、

さを鹿のなきてしがらむ秋萩における白露われも消《け》ぬべし　（五八六）

この種の表現の代表的なものに、伊勢物語第六段に引かれた古歌がある。長いあいだ恋いわたってきた女を辛うじて盗み出した男が、暗い路を逃げてゆく。芥川という川のほとりを連れてゆくと、草の上に露が置いているのを見て女は「あれは何ですか」とたずねる。行く先も遠く夜も更けた上、雷鳴がとどろき、雨もはげしく降ってくる。そこで女を荒れた開けっ放しの倉の奥の方へ押し入れて、自分は弓を手に戸口に番をしている。早く朝がくればいいのに、と念じている。しかし、その倉は鬼の住家だったので、女は早くもひと口に鬼に食われてしまっていた。「あなや」と女は叫んだのだが、雷鳴にまぎれて男には

きこえなかったのだ。ようやく夜も明けはじめて、見ると、女の姿はかき消えていた。男は足ずりをして泣いたが、甲斐もなかった、として、男の歌、

白玉か何ぞと人の問ひし時露と答へて消《け》なましものを

とある。

この一段は勢語の諸短章の中でもとりわけすぐれた一章である。露が置く季節の夜の感じが、芥川のほとりの描写に生きており、雷鳴の観察もこまかいが、女が男に連れられてゆく途中、草の上の露を「彼《かれ》は何ぞ」と問うたのを思い出しつつ、歌では、「白玉か何ぞ」と女が問うたことにしているあたり、伏線についての作者の用意がうかがわれるし、また女の深窓育ちの世間知らずのところと、そのはかない輝くような美しさとがたくみに言いあてられてもいるのである。この消えゆく露の命をうたった歌のふしぎな魅力は、たとえば江戸の薗八節の一作、宮薗鸞鳳軒作の「桂川恋の柵《しがらみ》」（通称「お半長右衛門」）に、二上りへ白玉か。何《なに》ぞと人の咎めなば。露と答へて消えなまし。ものを思へば恋ごろも。それは往昔《むかし》の芥川。〳〵。本調子へこれは桂の川水に。浮名を流すうたかたに。泡と消えゆく信濃屋の。おはんを背《せな》に長右衛門。逢瀬そぐはぬ仇枕。云々と、四十男と年端もゆかぬ娘との心中事件（義太夫「桂川連理柵」で有名になったのはいうまでもない）の詞章に本歌としてとられているのでも明らかなように、中年男と若い少女の切なく儚ない恋を象徴するひと

つの恋歌の伝統を形づくったほどである。

私はさきに、この「白玉か何ぞと人の問ひし時」の歌を、古歌と書いたが、それは便宜上そうよんだにすぎない。正しくいえば、来歴不明の歌であり、伊勢物語作者の純然たる創作と考えても一向にさしつかえない歌である。この物語の抒情性と、一方この歌のもつ物語性との呼応の緊密さからすれば、作者の創作と見るのがむしろ妥当であるとさえ感じられる。

ところで、私はなぜ伊勢物語についてここで言葉を費しているのかといえば、すでに冒頭の章でも少々触れておいた、伊勢物語と貫之との関係、具体的にいえば、貫之勢語作者説というものについて、ここで紹介するのが適当だと考えるからにほかならない。

高崎正秀氏の『物語文学序説』（昭和十七年）によると、折口信夫は「後期王朝文学史」（大正十五年、長野県下水内郡教育会編）の中で、「貫之は古今集撰進に方《あた》つて、蒐集した業平の歌に巧みに詞書を付けてゐる。この詞書と伊勢物語の文とが甚だよく似てゐるのである。想ふに、貫之は業平の歌にほどこした詞書より興味を覚えて、更に改めて書き伸べて別冊としたのではなかつたか。兎も角伊勢物語には貫之の筆の跡が認められる。」云々とのべているという。

高崎氏はこの師説を念頭におきつつ、勢語の作者についての諸説に、簡にして要を得た検討を加えている。いうまでもなく、現存伊勢物語には後世の筆が少なからず加わっているので、ここでの作者追尋は、原本勢語の作者ということだが、高崎氏は、㈠業平自記説、㈡伊勢の御説、㈢業平自記に伊勢の御が書き添えたか、という折衷説、㈣業平の日記、家集ようのものに、後人が加筆したか、というもの、㈤業平の自記に在原家の人が改作増補して、今の物語が成立したか、というもの、㈥その一部に紀貫之の手が入っているだろうというもの、の六説に分けてこれを論じ、㈤は「目下の処、最も学界に信憑されてゐるもの」とし、勢語の中に、行平・棟梁・滋春・元方・惟喬皇子・紀有常・貫之・友則ら、在原家の一門、姻戚の人々の歌の多いことをその論拠としてあげた諸研究に言及している。その後、㈥について、「極めて新しい説」として折口説を紹介しているのである。高崎氏自身のさらに詳しい説がそこで展開され、結論として貫之を作者とみなす考え方を、一層強くおし出している。

古今集の端作りには、他とは目立つて長いものが多く、而もそれが可なり洗練されたものであること、就中業平の歌に限つて著しいことは、古来注目されてゐる。これは多分業平の歌の性質から来てゐるものであらうと思はれるが、此の「心あまりて言葉たらず」といふ彼の作品の特徴——端作りなしには理会の困難な作風に、逸早く気付いたものは貫之であつた。

貫之と有常らとの血縁関係には、今日尚若干の疑ひがある。従つて彼と業平との血のつながりは、どの程度のものであつたかは不明と云ふより外はない。併し兎も角紀氏と在原氏とは赤の他人ではなかつた。でなくても、貫之が自己の先行者として、業平の作物に多大の関心を持つてゐたことは、土佐日記の中に、二度まで――一月八日の条には「山の端逃げて入れずもあらなむ」を、二月九日の条には、「世の中に絶えて桜の咲かざらば」を――引用したことによつて証明されてゐる。

高崎氏はいくつかの論拠を示している中に、今しがた見たばかりの、「白玉か何ぞと人の」の歌について言及し、これが、貫之の土佐在任中、政務の余暇に選んだ新撰和歌集恋雑の部にあるほかは、伊勢物語第六段にしか出て来ない点をもって「看過し難い両者の楔の一つ」だろうといっている。

この歌が、新撰和歌以外には、現存文献では勢語第六段に存在するのみであるという指摘は、池田亀鑑『伊勢物語に就きての研究』ですでになされているところだが、最近伊勢物語の作者について綿密な文献的考証や文体論的追求を行い、紀貫之に最も濃い作者の可能性を見出している山田清市氏も、その「伊勢物語の作者試論」(昭和三十八年、亜細亜大学誌「諸学紀要」第十号)を、「白玉か」の歌について論じることから始めている。

山田氏の説はその後の論文「原撰業平集と伊勢物語の作者」「伊勢物語の作者論補遺」

において一層詳細なものとなっているが、きわめて専門的にわたるその論旨の一々を紹介することは私の任にあまる。文体論的な側面から、古今集の詞書、土左日記の文体と、伊勢物語の文体とを比較検討し、そこに貫之の文体的特徴を共通の要素としてとりだすかたわら、山田氏がとっている勢語作者追尋の主な方法は、想定しうる作者の一人一人を、いわば消去法的に消し去ってゆき、最後に残る人物は誰かを割出す方法だが、その結果、「伊勢物語の作者の坐標にその像を結ぶに至るのは、紀貫之その人の影像が一番密度の濃いものとなってうかび上ってくるようである。とするならば、その成立は（中略）土佐日記成立の承平五年以後、天慶三年三月玄蕃頭になるまでの五年間乃至は彼の歿年と考えられる天慶八年十月に至るまでの約十年間ではなかったか」という推定がみちびきだされている。

もとより私にはこれら学者の説の当否を論じる資格も能力もない。ただ私は、高崎氏も山田氏もそれぞれ別の論拠から出発しながら、期せずして貫之を伊勢物語の最有力の作者に擬するに至っているのを興味ぶかいと思うのである。

いうまでもないことだが、伊勢物語はきわめて上等の文学作品である。たとえ貫之であろうとなかろうと、この歌物語の作者が、一流短篇作家の眼力と感性をもち、和歌や故事の豊かな教養をそなえ、すぐれた文章の書き手であったという事実は、ゆるがすことができない。ましてこの人物が貫之自身であったとするなら、紀貫之論の筆者として、何で快哉をさけばずにいられようか。すでにしばしば見てきた通り、貫之自身の歌が、物語的世界への濃い親近性を保ち、詞書に若干の変化を加えれば、著しく歌物語的になるような作が多いのである。

さしあたって、貫之集の恋歌に戻るなら、次のようなものがある。

白波のうちかへすとも浜千鳥なほふみつけてあとはとどめむ　（六五三）

文《ふみ》やりける女の、いかがありけむ、あまたたび返りごともせざりければ、やりつる文をだにかへせといひやりたりければ、文焼きたる灰をそれとておこせたりければ、よみてやれる

君がためわれこそ灰となりはてめ白玉章《しらたまづさ》や焼けてかひなし　（六五四）

「白波の」の歌は古今六帖、「君がため」の歌は新拾遺と、それぞれ異る集に所収のものであり、私がここで引いたような形で、連作のように扱うべきものではないのかもしれない。しかし、私にはこの二首は、それぞれ別個の独立した歌としてでなく、間にいささか

滑稽な味をもつ詞書をはさんで構成された、物語的傾きの濃厚な創作と映る。歌そのものは格別深い味のあるものではないが、詞書とともにこれらを読むと、振られ男の執念と哀れさとが、程よい距離をおいて物語的に定着されているのが感じられるのである。

貫之のこういう眼差しは、純然たる抒情詩人の眼というよりは、批評家と小説家との複合した、文人的詩人の眼をいやおうなしに思わせるのである。折口信夫の先に引いた文章にもふれられていたところだが、土左日記の、楫取りのうたう船唄のくだりなどは、そういう成熟した眼をもつ文人の守備範囲に入ってきた俗謡を記録にとどめて、注目すべき意味をもっている。一月九日の条である。

かくあるをみつゝこぎゆくまに〳〵、やまもうみもみなくれ、よふけて、にしひんがしもみえずして、てけ《天気》のこと、かぢとり《楫取》のこゝろにまかせつ。をのこもならはぬは、いともこゝろぼそし。まして、をんなはふなぞこにかしらをつきあてて、ね《音》をのみぞなく。かくおもへば、ふなこ《船子》かぢとりはふなうた《船唄》うたひて、なにともおもへらず。そのうたふうたは、

はるののにてぞね《音》をばなく。わかすゝき《若薄》に、て《手》き《切》るきるつんだるな《菜》を、おややまぼるらん、しうとめ《姑》やくふらん。かへらや。

よんべ（昨宵）のうなゐもがな、ぜに（銭）こ（乞）はん。そらごと（虚言）をして、おぎのりわざをして、ぜにもてこず、おのれだにこず。

これならずおほかれども、か丶ず。これらをひとのわらふをき丶て、うみはあるれども、こ丶ろはすこしなぎぬ。

船唄は、のちの一月二十一日の条にも、子供のうたう唄として、「なほこそくにのかたはみやらるれ、わがちちははありとしおもへば。かへらや」という可憐で哀切な唄が記録されている。「はるののにてぞ音《ね》をば泣く」の唄は農民の若い嫁の悲しみ唄、「よんべのうなゐ（髪を肩までさげている少年少女のことだが、ここではおそらく都の不良少年）もがな」の唄は、お人好しの物売りが、すばしこい少年にしてやられた歎きの唄である。「おぎのりわざ」とは、つけで物を買うことだ。つまり、この唄は、子供のうそにころりとだまされ、代金あとばらいの約束で物を渡してしまった商人が、「ゆうべの坊主やい」と子供を探している唄である。

前者の歌は、姑らに忍従して、つらい野良仕事をする嫁の姿をうたっている点で珍らしいものだし、後者は、まだ物々交換が経済の主軸をなしていたはずの時代に、都の不良少年の踏みたおし行為を通じて、銭というものが民衆の日常生活ですでにかなりの役割をはたしつつあったことを教えてくれる点で興味がある。

貫之は、楫取りのうたった船唄が「これならずおほかれども」、この日記には「か丶ず」とわざわざ断っている。言いかえれば、いろいろ聞いた唄の中で、彼はこの二つに特に興味を惹かれ、記録にとどめたのである。貫之の眼差しが、小説家的に、また批評家的に働いていたことがわかる。彼はこのとき、万葉集に東歌が記録されていることの意味を思い合わせていたであろうか。広い意味での史家の眼をももっていた人であったから、船唄や船子のうたう唄を聞く態度にも、おのずとそういう眼と興味が働いたように思われる。

それゆえ、彼の恋の歌も、さきにあげたような物語性に富む虚構の匂いのあるものでなければ、心理的陰翳を帯びた、屈折ある内省的表現に、特色を示すことになったのだ。

寝られぬをしひて寝て見る春の夜の夢のかぎりは今宵なりけり　（六四三）

この歌の類歌として萩谷氏があげている歌、後撰集読人しらずの「ねられぬをしひてわがぬる春の夜の夢をうつつになすよしもがな」とくらべてみるがよい。貫之の歌の下句のあくの強さに、よくもあしくもこの歌人の歌の特徴がある。それは余情妖艶の風情におもむくよりは、むしろいちじるしく窮理的であり、人生なるものを、何とでもして言葉でとりおさえてみせようとするところがあった。

現《うつつ》にも夢にも逢ひて恋しきは現も夢もあかぬなりけり　（六四四）

一本に、「逢ひて恋しきは」を「あはで悲しきは」とするが、それではおよそこの歌の見どころをなくしてしまう。うつつに逢っても、夢で逢っても、恋しさには限りというものがない。してみれば、現実にも夢にも、これで充分ということはないものなのだな、という認識が、この歌の作意の根本にあろう。

後撰集恋の歌の部におさめられた秀作、

いかでわれ人にも問はむ暁の飽かぬ別れや何に似たりと（貫之集では初句「いかでなほ」）

については、すでに第二章でいささか触れたが、この歌といい、「現《うつつ》にも夢にも」の歌といい、「飽かぬ」思いへの関心が特徴的である。貫之という人は、人間というものの現世執着の限りのなさ、あるいは踏んぎりの悪さに対する、思索家ふうの諦視と、アイロニカルな批評をたえず心にもっていた人のように思われる。土左日記にもそういうところはしばしば現れるが、彼の歌についていえば、やはり後撰集の、雑歌の部に収める

題知らず

世の中は憂きものなれや人言《ひとごと》のとにもかくにも聞え苦しき　（一〇三〇）

や、同じく、

世の中の心にかなはぬ事申しけるついでに

惜しからでかなしきものは身なりけりうき世そむかむ方《かた》を知らねば　（五九三）

（貫之集では恋歌の部に収め、下句「うき世そむかむ方しなければ」）

のごとき作に、貫之の感性の、いわば常数的なものが端的にあらわれている。この系列に、すでに引いて論じた

かざすとも立ちと立ちにしなき名にはことなし草もかひやなからむ

や、

あはれてふことに印はなけれども云はではえこそあらぬものなれ

が属しているのはいうまでもあるまい。これらが、言い合せたように、貫之の子、時文が

撰者に加わっている後撰集に収められていることも、たびたび言うようだが、注目してよい事実である。息子の眼に映っていた貫之の最も貫之らしいところが、後撰集所収の歌には反映していると見てよいだろうからである。

そしてそれらの歌が、貫之の歌としては従来あまり有名ではなかった種類のものであることをも、私としては、興味をもって指摘しておきたい。そこには、いわば苦味走った人生観察者の貫之がいて、そういう貫之を、「逢坂の関の清水に影見えていまや牽《ひ》くらむ望月の駒」や「人はいさ心も知らずふるさとは花ぞむかしの香ににほひける」の作者としての貫之の像に重ね合わせて見ることが、私たち近代の読者には必要なのである。その重ね合わせの焦点に、古今集仮名序の作者の顔も、土左日記の作者の顔も、そしてひょっとしたら伊勢物語の作者の顔も、重なるはずだというのが、ここまで書いてきた私の、ここでの結論である。

そこで私は、引用しようと思ってついにその機会を逸してしまった好きな一首を引いて、ひとまず紀貫之詩人に別れを告げようと思う。後撰集秋の歌にいう。

うち群れていざ我妹子《わぎもこ》が鏡山越えて紅葉の散らむ影見む　(一〇一九)

あとがき

紀貫之について書かれた本はきわめて少ない。もちろん専門研究論文は別としての話だが、いま一般読書人が容易に入手できる本としては、本文中でもふれた歴史家目崎徳衛氏の手になる伝記一冊のみといってもよいほどである。古今集や土左日記には種々の刊本があるので、貫之の一面はそれによって知りうるが、所詮限られたものでしかない。その意味では、この本にもそれなりの存在理由はあるだろうと思う。

正岡子規に罵倒されて以後の貫之の評判の下落ぶりについては、今さらここで繰返すまでもない。この本を書くことが決ってから山本健吉氏にお会いした折、「なにしろ子規以来のことだからね」と氏が言われたのも、そういう事情をふまえてのことだったが、この言葉は私にいろいろな意味でよい刺戟となったように思われる。評判が悪く、研究書も少ないような人を論じるのは、やり甲斐もあるし楽しみの多い仕事である。子規について書くことからこの本を始めたのは、そうすることが最も自然に思われたからだが、またそのような始め方が、結局本全体の書き方、トーンを決めたように、今となっては感じられる。

私はもともとプランを綿密にたてててものを書くということがまるでできない。この本も、書きながら、どういうところで終るのか、五里霧中だった。「いったい、これ、終りまでいきますかね」と、ある日原稿をとりに見えた村上彩子さんに言って、「ええっ?」と驚かれたこともある。貫之の歌について書こうとしながら、筆はしばしば貫之を代表者とする平安朝文化そのものへの関心に傾き、あるいは海彼の文化と日本との関係をめぐる私自身の日頃の関心に、貫之の仕事を引き寄せて論じるような傾向も示した。けれども、それは構えてそうなったわけではなく、私には貫之の仕事がごく自然にそういう方向へ人を引っぱってゆくと思われるのである。

貫之の歌については、今度じっくり読んでみて、以前考えていたよりもずっと高い評価を与えるようになった。そのことについては本文中でも書いた通りである。貫之は古今集だけでは全貌がつかめない。貫之集でもまだ足りない。その理由の一つは、彼の作が詞書とともに読まれるべき性質を多分にもっており、貫之集ではその詞書が略されていることがしばしばあるからだ。後撰集所収の歌について特にこの問題がある。本文中で後撰集にふれることが多かった理由の一斑はそこにある。

そのことはまた、貫之の人物像を、どのような点に中心をおいて刻みあげるかにも関わってくる。貫之の生涯、とくにその実生活的側面は、目崎氏の本を読んでもわかるように、必ずしも詳細に跡づけることはできない。しかし、私はその点に関してはあまり苦にしなかった。残された歌や散文から貫之の世界を探ってみる楽しみが、充分に大きかったからである。

その結果、私の貫之像は、学恩を蒙った先学諸家の描いた貫之像とは、かなり違ったものになっているかもしれない。ねがわくば、そうあって欲しいと願っている。

これを書かないかと話があってから、すでに二年半近くにもなろうか。その間、私はややまとまったものとして窪田空穂論二百枚近くを書いた。「文学」に連載したが、この本の準備にかからねばならないこともあって、一応中途で筆をおいた。今貫之論を書き了えてみると、空穂論を書いたことがさまざまの点で非常に役立ったように思う。直接にはまったく無関係のはずだったが、空穂を考えることを通して、私は歌を読む上でのある種のアタリのようなもの、サワリのようなものへの自信を少しは得たようであった。貫之が、遠い時代の、紙の上にしか見出せない人間ではなく、身近に呼吸している人間のように思えてきたことも、それとつながった出来事だったようである。空穂は私の父の師だが、その晩年の十数年間、私も折々親しく接することができた。貫之の歌を読むにあたって、そこに生きた人間の呼吸を感じとるコツのようなものを、私は空穂との決して頻繁ではなかった対座の時間に学んだように思う。

本文中では特に書く機会は失したが、貫之や道真、また古今集歌人たちの仕事を見て感じることの一つは、それが日本語の精粋をしぼってめざましい成果をあげ、まさに国粋とよばれて然るべきものであったにもかかわらず、彼ら自身は決して国粋主義者でなかったという事実である。古今集をかついで国粋主義の旗をうち振るような人が現れたら、眉に唾した方がよい。

村上さんの記録によると、この本の最初の部分の原稿を渡したのは五月十日だった。脱稿したのは昨七月二十七日の朝八時で、ほぼ二か月半かかった。その間他の用事もしていたので、正味一か月少々というところだろう。いよいよ切羽つまって書き出すまでの長い期間の重苦しい圧迫感は、有難いことに、いざ書きはじめると、少しずつ消えていった。それでも、この種のものを書き下しで書くのははじめての経験だったので、最後まで緊張しつづけた。突然終りがやってきたときは、信じられないような気がした。

大体、一章書きあげるごとに原稿を村上さんに渡していったが、村上さんと川口澄子さんの両編集者が聞かせてくれる感想は、この際の私にとっては、暗夜の海を渡ってくる燈台の灯火にも等しかった。お二人には心からお礼申しあげる。

脱稿直前になって家を移ることになり、手伝ってくれる何人かと、本をボール箱につめたり運んだりの作業をやりながら、夜半から朝にかけて書くようなこともあった。嫌いではなかった三鷹での約十年間の、最後の日々とともにあったという意味でも、この本はとりわけ親しく感じられる。

なお、本文中に引用した貫之の歌や文章の使用テキストは、朝日新聞社版日本古典全書『新訂　土佐日記』、岩波書店版日本古典文学大系『古今和歌集』『土左日記・かげろふ日記・和泉式部日記・更級日記』、角川書店版窪田空穂全集『古今和歌集評釈』、日本古典全集刊行会版『後撰和歌集』などに主として拠った。古写本を精選した岩波版大系のテキストは、仮名文字が圧倒的に多いのを一特徴とするが、研究書ではないこの本では、私自身の判断で、依拠するテキストを前述その他から適宜選んだことを付記する。引用部分をのぞく本文で、土佐日記と普通書かれているのを、土左日記としたのは、古典文学大系本の校註者鈴木知太郎氏の説くところに従った。

七月二十八日　　　　大　岡　信

貫之略年譜

貞観一四年（八七二）一歳

このころ生る。父は紀望行。母は内教房の伎女かという。七月、惟喬親王出家。

元慶四年（八八〇）九歳

これ以前に父死去。五月二十八日、在原業平死去（五六歳）。

仁和三年（八八七）一六歳

閏十一月二十七日、阿衡の紛議起る。

寛平五年（八九三）二二歳

九月二十五日、菅原道真『新撰万葉集』を撰進。『新撰万葉集』に作品採らる。この年ころまでに「寛平御時后宮歌合」、「是貞親王家歌合」に作品入る。

六年（八九四）二三歳

八月二十一日、道真遣唐大使、紀長谷雄同副使。九月、遣唐使の発遣を中止。

九年（八九七）二六歳

七月三日、皇太子敦仁親王（醍醐天皇）受禅。

昌泰元年（八九八）二七歳

亭子院女郎花合に作歌。このころ、自邸に曲水宴を催し、作歌。

二年（八九九）二八歳

二月十四日、藤原時平左大臣、道真右大臣。

三年（九〇〇）二九歳

八月十六日、道真、家集二十八巻を奏進。

延喜元年（九〇一）三〇歳

これ以前に本康親王七十賀の屛風歌を作る。一月二十五日、道真太宰権帥に貶せらる。

三年（九〇三）三二歳

二月二十五日、道真死す（五九歳）。

五年（九〇五）三四歳

四月十八日、『古今和歌集』撰進の勅を奉ず。

六年（九〇六）三五歳

二月、越前権少掾に任ず。これより先、御書所預となる。この年、内裏の月次屛風八帖の料の歌四十五首を奉る。

延喜七年（九〇七）三六歳

二月、内膳典膳。九月十日、宇多法皇の大堰河御幸に供奉。この年ころ、紀友則死去。

一〇年（九一〇）三九歳

二月、少内記。

一二年（九一二）四一歳

二月十日、中納言紀長谷雄死去（六八歳）。

一三年（九一三）四二歳

三月十三日、亭子院歌合に作歌。四月、大内記。十月十三日、内裏菊合に作歌。同月十四日、内裏の仰せにより尚侍満子の四十賀屏風歌。

一四年（九一四）四三歳

二月二十五日、法皇の命により女一宮勧子内親王の屏風歌。

一五年（九一五）四四歳

閏二月二十五日、内裏の仰せにより斎院の屏風歌。九月二十二日、清和の七の宮の御息女の命により右大将藤原道明の屏風歌。十二月三日、藤原時平の息保忠の命により、時平の北の方廉子女王五十賀の屏風歌。

一六年（九一六）四五歳

内裏の仰せにより斎院の屏風歌。

一七年（九一七）四六歳

一月七日、従五位下。同月、加賀介。八月、宣旨により作歌。

一八年（九一八）四七歳

二月、美濃介。同月、女田宮勤子内親王の御髪上げの屏風歌。四月二十六日、東宮の屏風歌。

一九年（九一九）四八歳

春、内裏の仰せにより東宮御息所の屏風歌。

延長元年（九二三）五二歳

六月、大監物。四月二十日、道真の本官を復す。

二年（九二四）五三歳

五月、中宮穏子の屏風歌。左大臣忠平の北の方の四十賀屏風歌。

四年（九二六）五五歳

八月二十四日、民部卿藤原清貫六十賀の屏風歌。九月二十四日、京極御息所の命により、法皇六十賀の屏風歌。

延長六年（九二八）五七歳

中宮穏子の屛風歌を、右近権中将藤原実頼のために代作。

七年（九二九）五八歳

九月、右京亮。

八年（九三〇）五九歳

一月、土佐守。この年、貫之がその庇護を受けていた権中納言（京極中納言とも堤中納言ともよばる）藤原兼輔、母を失い、土佐より弔歌を送る。醍醐天皇の勅命を奉じ、土佐守在任中に『新撰和歌』を編む。六月二十六日、清涼殿に落雷、以後天皇不予。九月二十三日、寛明親王（朱雀天皇）受禅。忠平摂政。九月二十九日、醍醐上皇死去（四六歳）。このため、『新撰和歌』陽の目を見る機会を失う。

承平四年（九三四）六三歳

十二月二十一日、土佐を出発。

五年（九三五）六四歳

二月、帰京。九月、清和七親王の御息所の六十賀屛風歌。

六年（九三六）六五歳

春、藤原忠平・貴子父子の邸の障子に歌を書く。実頼のために屛風歌。八月、忠平太政大臣。

七年（九三七）六六歳

一月、内裏の屛風歌。同月、仲平左大臣。

天慶元年（九三八）六七歳

土佐より帰京後この年あたりまでの数年間、藤原忠平、実頼、師輔にしきりに官職なきを訴える。この年、周防国におもむく。

二年（九三九）六八歳

二月二十八日、周防国にて紀貫之家歌合を催す。四月、右大将実頼の屛風歌。閏七月、右衛門督源清蔭の屛風歌。この年、宰相中将藤原敦忠の屛風歌。

三年（九四〇）六九歳

三月、玄蕃頭。五月十四日、旧のごとく朱雀院別当に補す。

四年（九四一）七〇歳

一月、右大将実頼の屛風歌。三月、内裏の屛風歌。二月十四日、平貞盛・藤原秀郷ら平将門を誅す。六月二十日、藤原純友誅せらる。十一月、忠平関白。

五年（九四二）七一歳

四月、内侍の屛風歌。同月、石清水臨時祭に歌を奉る。九月、内裏の屛風歌。この年、亭子院の屛風歌。実頼に不遇を訴う。
天慶六年（九四三）七二歳
一月七日、従五位上。同月、大納言師輔の魚袋返却の歌を代作。
七年（九四四）七三歳
このころ、『新撰和歌』上梓をあきらめ、孤愁の心境をこめた序文を書いて後世に遺す。
八年（九四五）七四歳
二月、内裏の屛風歌。三月二十八日、木工権頭。十月以前に死す。十月、壬生忠岑「和歌体十種」の序を草し、「先師土州刺史（土佐守）」としるす。
（本年譜は目崎徳衛著『紀貫之』巻末の「略年譜」に依拠して作製したものである。）

貫之和歌索引

青柳の糸よりかくる春しもぞ乱れて花の綻びにける　八二、九九
あかつきのなからましかば白露のおきてわびしき別れせましや　六一
秋の月光さやけみもみぢ葉のおつる影さへ見えわたるかな　八三、一九七
秋の夜に雁かも鳴きて渡るなるわが思ふ人の言伝てやせる　一四九
秋の夜の雨と聞えてふりつるは風に散り来る紅葉なりけり　一四九
梓弓春の山べを越え来れば道も去りあへず花ぞ散りける　一〇一
明日知らぬわが身と思へど暮れぬまの今日は人こそ悲しかりけれ　一六七
あはれてふことにあかねば世の中を涙にうかぶわが身なりけり　一二五
あはれてふことに印はなけれども云はではえこそあらぬものなれ　一二五、一三八
あはれとも恋しとも思ふ色なれや落つる涙に袖のそむらむ　一二五
いかでなほ（われ）人にも問はむあかつきの飽かぬわかれや何に似たると　六一、一三七

石の上布留野の道の草分けて清水汲みにはまたも帰らむ　一二四
いにしへになほ立ちかへる心かな恋ひしきごとにもの忘れせで　一二四
入りぬれば小倉の山のをちにこそ月なき花の瀬ともなりぬれ　一五二
色ならばうつるばかりもそめてまし思ふ心をえやはしりける　六〇
色も香もむかしの濃さににほへども植ゑけむ人の影ぞ恋しき　四三
うきて行く紅葉の色の濃きからに川さへ深く見えわたるかな　七一
うち群れていざ我妹子が鏡山越えて紅葉の散らむ影見む　一三九
現にも夢にも逢ひて恋しきは現も夢もあかぬなりけり　一三七
移ろはぬ常盤の山に降るときは時雨の雨ぞかひなかりける　一六三
うば玉のわが黒髪やかはるらむ鏡の影にふれる白雪　一三三、一二二
梅の花まだ散らねども行く水の底に映れる影ぞ見えける　七一
逢ふことは雲居遥かに鳴る神の音に聞きつつ恋ひやわたらむ　一二七
逢坂の関の清水に影見えていまや牽くらむ望月の駒　一九三、一三九
小倉山峯たちならし鳴く鹿の経にけむ秋を知る人ぞなき　一五一
惜しからでかなしきものは身なりけりうき世そむかむ方を知らねば　一三八
思ひあまり恋ひしきときは宿離れてあくがれぬべき心ちこそすれ　一二六

思ひかね妹がり行けば冬の夜の河風寒み千鳥なくなり　一九
かがり火の上下わかぬ春の夜は水ならぬ身もさやけかりけり　一五二
篝り火の影し映ればうば玉の夜川の底は水も燃えけり　七〇
影見れば波の底なるひさかたの空漕ぎわたるわれぞわびしき　六五、六八、七二、九五
かざすとも立ちと立ちにしなき名にはことなし草もかひやなからむ　五七、一三八
かつ見つつあかずと思へば桜花散りなむのちぞかねて恋しき　一六四
河辺なる花をし折れば水底の影もともしくなりぬべらなり　七一
神無月時雨に染めてもみぢ葉を錦に織れる神無備の杜　二〇三
君がためわれこそ灰となりはてめ白玉章や焼けてかひなし　二三三
君恋ふる涙しなくば唐衣胸のあたりは色燃えなまし　六〇
今日見れば鏡に雪ぞふりにける老いのしるべは雪にやあるらむ　五九
草も木もありとは見れど吹く風に君が年月いかがとぞ思ふ　二〇〇
くももみななみとぞみゆるあまもがないづれかうみととひてしるべく　二三〇
声高く遊ぶなるかな足曳きの山人いまぞかへるべらなる　二〇四
越えぬまは吉野の山の桜ばな人づてにのみ聞き渡るかな　三九
胡蝶にも似たるものかな花薄恋しき人に見すべかりけり　一九七、二〇五

この河に祓へて流す言の葉は波の花にぞたぐふべらなる　一六五
さを鹿のなきてしがらむ秋萩における白露われも消ぬべし　二一七
桜散る木の下風はさむからで空にしられぬ雪ぞ降りける　九七
桜花かつ散りながら年月はわが身にのみぞ積るべらなる　二〇〇
さくら花散りぬる風のなごりには水なき空に波ぞ立ちける　一〇七、一一三、一三四
山野には咲けるかひなし色見つつ花と知るべき宿に植ゑなむ　二〇〇
霜枯れに見えこし梅は咲きにけり春にはわが身あはむとはすや　五九
白玉と見えし涙も年ふれば唐紅に移ろひにけり　六〇
白波のうちかへすとも浜千鳥なほふみつけてあとはとどめむ　一三三
袖ひぢてむすびし水のこほれるを春立つけふの風やとくらん　一〇四、一一六、一三四
空にのみ見れどもあかぬ月影の水底にさへまたもあるかな　七一
誰が秋にあらぬものゆゑ女郎花など色にいでてまだき移ろふ　五一、五五、六二、一五一
立ちねとていひにやらまし白雲の訪ふこともなく宿にゐるらむ　一九五
手向けせぬ別れする身のわびしきは人目を旅と思ふなりけり　四四
散るがうへに散りも紛ふか桜花かくてぞ去年の春も過ぎにし　六〇、二〇四
散る花のもとに来てこそ暮れはつる春の惜しさもまさるべらなれ　一六四

月影の見ゆるにつけて水底を天つ空とや思ひまどはむ　七二
つとめてぞ見るべかりける花薄招くかたにや秋は去ぬらむ　二〇二
手にむすぶ水に宿れる月影のあるかなきかの世にこそありけれ　一九八
手も触れで月日経にける白真弓おきふし夜はいこそ寝られね　二二五
啼く鹿の声をとめつつ秋萩の咲ける尾上にわれは来にけり　二〇一
夏の夜の臥すかとすれば時鳥鳴く一声に明くる東雲　一四八
なべてしも色かはらねば常盤なる山には秋も知られざりけり　一六三
波にのみ濡れつるものを吹く風のたよりうれしき蜑の釣舟　五四、二一八
寝られぬをしひて寝て見る春の夜の夢のかぎりは今宵なりけり　二三六
野辺なるを人もなしとてわが宿に峯の白雲おりやゐるらむ　一九五
初雁の声につけてや久方の空の秋をも人に知るらむ　二〇一
花鳥もみな行きかひてむば玉の夜のまに今日の夏は来にけり　二〇二
花に似ずのどけきものは春霞たなびく野辺の松にぞありける　一六三
春秋に思ひ乱れて分きかねつときにつけつつ移る心は　一八九
遥かにも声のするかな時鳥木のくれ高く鳴けばなりけり　二〇二
春なれば梅に桜をこきまぜて流すみなせの河の香ぞする　一五二

春の野に若菜摘まむと来しわれを散りかふ花に道はまがひぬ　一四八
春は梅秋はまがきの菊の花自がじしこそ恋しかりけれ　一八九
ひぐらしの声も暇なく聞ゆるは秋夕暮になればなりけり　六〇
ひとりしも秋にあかなく世の中の悲しきことをもてなやむらむ　一四九
人はいさ心も知らずふるさとは花ぞむかしの香ににほひける　三七、一五九、二三九
吹く風と谷の水としなかりせば深山がくれの花を見ましや　一四九
藤波の影し映ればわが宿の池の底にも花ぞ咲きける　七三
二つ来ぬ春と思へど影見れば水底にさへ花ぞ散りける　七一
二つなきものと思ひしを水底に山の端ならでいづる月影　六九
またも来む時ぞと思へど頼まれぬ我身にしあれば惜しき春かな　一九八
水のあやの乱るる池に青柳の糸の影さへ底に見えつつ　七三
水底に影さへ深き藤の花花の色にや棹はさすらむ　七一
水底に影しうつればもみぢ葉の色も深くやなりまさるらむ　七〇
水底の月の上より漕ぐ舟の棹にさはるは桂なるらし　六五、七一
三吉野の吉野の山に春霞立つと見る見る雪ぞまた降る　二〇二
むすぶ手の雫に濁る山の井のあかでも人に別れぬるかな　一〇〇

もみぢ葉の間なく散りぬる木のもとは秋の影こそ残らざりけれ　一三三
ゆかりとも聞えぬものを山吹の蛙が声に匂ひけるかな　一九六
行く水のうへにいはへる河社川波たかく遊ぶなるかな　二〇一
夢とこそいふべかりけれ世の中に現あるものと思ひけるかな　一六七
吉野川岩波高く行く水の早くぞ人を思ひそめてし　二一七
世の中は憂きものなれや人言のとにもかくにも聞え苦しき　二三八
我が背子が衣はる雨降る毎に野べの緑ぞ色まさりける　一〇〇
別れてふことは色にもあらなくに心に染みてわびしかるらむ　一九五
わびわたるわが身は露をおなじくば君が垣根の草に消えなむ　二三七

解説　水底という「鏡」に映す自画像

堀江敏幸

正岡子規が『歌よみに与ふる書』のなかで、「貫之は下手な歌よみにて古今集はくだらぬ集に有之候」と述べたのは明治三十一（一八九八）年のことである。臼井吉見、山本健吉両氏の監修になる『日本詩人選』の一冊として一九七一年に刊行された大岡信の『紀貫之』は、負の方向に大きな影響を及ぼしつづけてきたこの批判を覆し、紀貫之のみならず、和歌および短歌の片隅に追いやられそうになっていた『古今集』の歌人に鮮やかな復権をもたらした一書である。

ただし大岡信は、義憤に駆られて子規を押しつぶそうとしたわけではない。子規にしても、貫之ひとりを敵と見做していたわけではないからである。『古今集』の収録歌にはどれも機知の表層を滑っていく言葉があるだけで、心の底へ深く下りていかないという大雑把な批判の矛先は、むしろ自身と同時代に生きながら、旧来の歌い方に甘んじている者たちに向けられていた。冒頭に置かれた、意表を突くボクシングの例えにそれは明らかだろう。著者に言わせれば、子規の煽動的な表現は、台頭する若手が落ち目のチャンピオンをリングに呼び立て、さんざん持ち上げておいてから一撃で倒そうとしているようなものなのだ。理に強い子規の言葉を押し返すには、強打で秒殺するよりも、着実なボディブローが有効なことを彼はよく知っていた。どの章においても読者の印象に残る鮮やかなワン・ツーを決めてリードを加算し、最終的に大差の判定となるように話を進めていくのである。感情と結託した歌を掲げて、理智の匂いの過ぎた歌を一律に蹴散らそうとする相手を、おなじく冷静な理路の紐で徐々に締めあげるのだ。敵の仕事に対する深い理解に裏付けされたこの姿勢は、大岡信自身の言葉を借りるなら、いかにも「男歌」的だと言えるだろう。

第一章「なぜ、貫之か」で、作戦はすでに披露されている。貫之は『万葉集』以後ながらく力を失っていた「やまとうた」を、「からうた」に代わる地位に押しあげるため、漢詩や公的な日記に求められる要素を歌に与えようとつとめた。皇族や貴族からの注文にこたえ、専門歌人として晴れの席で屛風絵に歌をつける。自分の姿を消し、他者に成り代わって詠む。自発的ではない歌でも、けっして手を抜かずに向き合い、現実の風景ではない平面の世界に言葉で奥行きを現出させながら依頼者の心を満たす。短時間でそれをこなすには、機知と学識に加えて、「やまとことば」の新規なコードが必要になる。万葉の世界に色濃い「我」を取り払い、漢詩が持っている季節の型を和歌に移植して花鳥諷詠を自在に操れば、現実の季節よりも暦のうえでの架空の季節、先んじた季節、あるいは逃した季節について、「しばしば抽象的、思弁的、想像的な和歌」を構築することができる。それを、貫之は徹底した。

大岡信が「男性的な性質」と呼ぶのは、そのような側面を指す。実作者と批評家を、ひとりの歌人のなかでいかに共存させるかが問われている、と言い換えてもいいだろう。『古今集』の「仮名序」には、日本の詩歌発想の原型がある。しかも、表向きのやわらかさや平静さとはうらはらに、「実は張りつめた思い」がこめられている。それだけではない。貫之には『土左日記』と題された「虚構」の日記を生む物語作者としての力量と、それを完全に相対化し客観視する批評眼がそなわっていた。これらの事例をひとつひとつ検証していけば、紀貫之という男の姿がおのずと浮かびあがる。「下手な歌よみ」は、上手下手の区別ではなく、「やまとことば」を未来に開く「詩語」として、その可能性と沃野のありかを指し示しうるか否かに腐心した詩人へと姿を変えるだろう。

もっとも、作戦どおりに論を進めて、あまりに整理しすぎてしまうと、子規の反撃を喰らうことになる。理が立ちすぎても文章は弾まない。といって、理の土台がなければ読み手に媚びることさえできない。大岡信が選んだのは、理の表現の段階を少しずつ上げていくことだった。評釈が批評に、批評が詩語に変容する過程を、貫之の背中を追いながら確認しようとしたのである。『紀貫之』刊行時、大岡信は四十歳だった。詩と批評と翻訳の三分野ですでに相当量の仕事を重ねており、本書がその流れに組み入れられていることは明白なのだが、大きな深化が見られるのも事実で、いわば理に徹しながら理を踏み越える「なにか」がここで生まれ、論じるのではなく表現するための書になっているのだ。

流れの前に目をやれば、重要な標石がすぐに認識できるだろう。大岡信はすでに「古今集の新しさ——言語の自覚的組織化について」と題する一文を発表しており(「文学」一九六八年十一月号、『たちばなの夢』一九七二年所収)、『紀貫之』の柱となる部分は、この小論のなかにほぼすべて提示されている。貫之の歌の大半を占めるのが屏風歌であること。場の空気に「合わす」感性とそこに没してしまわない「個」を兼ね備えていること。数年後の『うたげと孤心』(一九七八年)に直結する見解が簡潔に披露されており、『紀貫之』にはこの文章がまるごと取り込まれている。貫之に成り代わるのではなく、遺された歌の細部に分け入って、『古今集』の歌風そのものであり、そこに貫之が生きる術を見出した「合わす」という方法を実践していくこと。歌が詠まれた空気に、貫之の皮膚感覚に、論者としての自分を「合わす」のである。

貫之は言葉の裏にあるものとべつのものを重ね合わせ、二重化する術に長けていた。なにかとなにかを合わせる余裕は、文学的な意識が一定の水準を超えて成熟しなければ生まれ出てこない。無数の歌が詠まれ、無数の歌が忘れられていくなか、心に残るものの多くは「対話的な歌」だったとの指摘が、屏風歌や歌合わせの場をふまえてなされるのは当然の流れである。「合わす」という公のふるまいのなかでの対話を試みながら、深く心に根差した個の調べをそこに潜ませるためには、「歌のうたわれた情況を別のものに置きかえる形での二重の解釈を許す」技法が不可欠となる。それがあってはじめて、もうひとりの自分を表出できるからだ。貫之のなかには、『古今集』の代名詞のような、まさしく子規の批判の的の周辺に置かれているような顔とはべつに、もっと情の深い、肉声を秘めた「暗い衝迫」をもつ顔があった。「合わす」とは、晴れの舞台に立って周囲に合わせることだけを意味するのではない。自分のなかのもうひとりの自分の声に和することもふくまれているのだ。

古文献によれば三巻まであったとされている『自撰本貫之集』——藤原行成筆になる貫之集の断簡、十三葉三十二首——の構成を論証する先学（萩谷朴）の説を引きながら、それが現在流布している他撰本とは異なる性質のものだったはずだと大岡信は想像する。子規がつくりあげた像とは重ならない貫之の姿が、その自撰本のなかにあるのではないか。

というのも、三十二首のなかには屛風歌の割合が少なく、同一の歌でも、詞書きに大きな差が見られるからである。

自撰本にあった詞書きが他撰本で変わっているのは、あとから読んだ者たちがそれを物語化したくなるような表現の隙が用意されていることを意味する。こうした傾向が、《歌というものを、一途の求心的抒情から、多面的に情緒を屈折反照させて物にむかおうとする一種遠心的構成の方向へとむかわせたにちがいないと思われる。したがってそれは、「昔、男ありけり」風の背景の中に置くと、かえって生ま生ましい感動をよび起すという逆接的な性質をも帯びることになる》と大岡信は言う。この一節は、和歌を論じるのに使われてきた慎重な学術的言いまわしを「革新」し、貫之同様、表現としての「新味」を探ろうとした試みのあらわれだろう。「遠心的構成」といった造語を置かなければ、貫之の内側にある「求心的構成」を提示できない。「ロマンティックな陶酔よりは、醒めた観察において特色を発揮するところが多かったように思われる」歌人の性格が、「晴れ的なものから褻的なものへ、公的なものから日常的・私的なものへと、詩人のまなざしがいわば重心を沈めてゆく」創作の過程を通して見えてくる。「抽象世界を具象化してみせる感覚」をつかめば、両者の隙間に意外な肉声を聴き取ることができるのだ。

全七章からなる闘いはトピックにこと欠かない。六朝詩の受容の仕方や、のちに『菅原道真』として結晶する「道真と貫之をめぐる間奏的な一章」で展開された、両者の資質の近接と貫之の道真受容――大宰府左遷以後の道真の詩の、抒情詩としての漢詩という「より痛切な抒情の新声」の誕生、さらに貫之の技巧からこぼれる恋歌の味わいなど、それぞれに読み応えがある。しかし、『紀貫之』の魅力は、従来の古典文学評論や評伝の枠からはみ出す要素にこそある。その顕著な例が、『土左日記』に引かれた次の歌に派生する一連の読解だ。

影見れば波の底なるひさかたの空漕ぎわたるわれぞわびしき

理屈を超える「わびしさ」、『古今集』にはほとんど見られない「われ」の一語による「好ましい直接性、実感性」に加えて、大岡信は「水底に空を見るという貫之の眼のつけどころ」に着目する。『土左日記』では唐の詩人賈島の詩を下敷きにしていることが示されているとはいえ、その原典に貫之がすばやい反応を示したのは、空に水を見る「逆倒的な視野の感覚」がすでにあったからではないか、というのである。歌としての出来映えはべつとして、貫之には、まちがいなく「水に映るもの」への偏愛が認められる。参考までに三首引いただけでも、貫之の好みは一目瞭然である。

水底に影しうつればもみぢ葉の色も深くやなりまさるらむ

二つ来ぬ春と思へど影見れば水底にさへ花ぞ散りける

水底に影さへ深き藤の花花の色にや棹はさすらむ

大岡信は一目瞭然で済ませたりせず、やや抽象的な言葉に転換しながら、読者をより印象深い解釈に誘う。《月であろうと紅葉であろうと篝火であろうと、あるものを見るのに、それをじかに見るのでなく、いわば水底という「鏡」を媒介としてそれを見るという逆倒的な視野構成に、貫之が強く惹かれていたらしいということである》。

この部分は、先述した「古今集の新しさ」において、「水がそれを演じ、空は水の下を歩む。水と空は、たがいにたがいの鏡となる。すなわち、たがいにたがいの譬喩となる」(「古今集の新しさ」)と、ほぼおなじ言葉で説明されている。「たがいに映発しあう言葉の発見」が「詩語」を生む。相互に「暗喩」となるような詩的世界の構築。言葉でしか表現できない鏡の重要性。現実がそのまま受け取られるのではなく、いったん「言葉」で抽象化され、結果としてもたらされる「綜合的な後味」（同右）。現実の筆頭にある恋であれば、心身共に結ばれた頂点を歌うのではなく、そこにいたるまでの過程とその後の展開をじっくりと味わう。いまそこにある現実を味わうために、あえてその前後を活かすのだ。『古今集』の特徴は、輪郭のはっきりした像を結ばず、つねに流れて固定化しないことだと大岡は言い、例証として貫之の歌と『新古今集』の定家の歌を併記している。

さくら花散りぬる風のなごりには水なき空に波ぞ立ちける　（貫之）

春の夜の夢の浮橋とだえして嶺にわかるる横雲の空　（定家）

じつは、「古今集の新しさ」では、定家の歌を先に引き、そのあと貫之を持ってきて、以下のように記されていた。

定家の歌が、源氏物語によって掻きたてられていたであろう当代のロマネスク趣味の抒情性、耽美性を、艶麗な視覚的形象のうちに、かっちりと、いわば静態的に、豪華に定着しているのに対し、貫之の歌は、「なごり」（名残り、そして余波）という二義性をもつ一語を、まさにかなめの位置において、流動してやまぬひとつの幻視的風景をその上に揺らめかせている。一首を何度読みかえしても、水なき空の波の引きぎわにちらちらとさまよっている、そのイメジでさえ、ともすればふと見えなくなって、あとにはゆらめいている心の昂りの、その余波だけがいつまでも続いているという感じである。

この部分は、本書では「袖ひぢてむすびし水の」の章に生かされているのだが、複数の箇所に分断、分散されていることに注目せざるをえない。「定家の歌が」から「貫之の歌は」までがべつの箇所に移され、以下につづく箇所にも細やかな微調整がほどこされている。

「なごり」は「名残り」であると同時に「余波」である。この、もともとは語源を共有し、影像としても互いに惹き合うところをもっている二つの語が、一つに融け合って一首のかなめの位置に置かれる。一首全体は、この微動する一語の周囲にゆらめいていて、何度読みかえしても、かっちりした「像」が眼底に結ばれるという感じはない。風に散り遅れた桜花の幾ひらかが、水なき空の波の引きぎわにちらちらとさまよっている、その影像さえ、ともすればふと見えなくなって、あとにはゆらめいている心の昂ぶりの、その痕跡だけが、名残りの余韻を引いていつまでも棚引いているという感じである。

生き生きとした抽象性を貫之がどれほど巧みに操ったか。失敗作、駄作も多いなか、それら凡々たる反復の合間を縫って、言葉でしか表現できない現実と向き合うための「詩語」が磨きあげられる過程を大岡信は描き出す。同時に、右の比較からも明らかなとおり、『紀貫之』は、自身がいったん外に出した表現の抽象性をさらに先鋭化させ、よりふくよかな感触を理のまわりにつけていく作業でもあったのだ。書き換えと書き直し、さらに自己引用的な反復は、大岡信自身の言葉の彫琢とその「前後の流れ」においてのみ意味をなす。逆に言えば、ここで披瀝される数々の指摘は、貫之だけでなく、貫之のそうした側面に否応なく引きつけられてしまう書き手自身の性向を鋭く言い当てたものだということになるだろう。あるいはもっと直接的に、大岡信の「詩語」には貫之の影響が見られると言ってもいい。初期詩篇のひとつ、一九六八年の『大岡信詩集』に収録された「水底笛吹」の一節がすぐさま思い出される。

ひようひようとふえをふかうよ
くちびるをあをくぬらしてふえをふかうよ
みなぞこにすわればすなはほろほろくづれ
ゆきなづむみづにゆれるはきんぎよぐさ

水を鏡面に見立てているわけではないとしても、「みなぞこ」に居座り、「くちびるをあをくぬらして」いるのは、息と言葉を吐き出す器官に空の青みを托す倒立の構図そのものだ。おなじ詩集に収められた「方舟」にも、ほぼ同種の趣向が見出される。

ひとよ　窓をあけて空を仰ごう
今宵ぼくらはさかさまになって空を歩こう
秘められた空　夜の海は鏡のように光るだろう
まこと水に映る森影は　森よりも美しいゆえ

逆さまになって空を歩く。「影見れば波の底なるひさかたの空漕ぎわたるわれぞわびしき」という貫之の声との親和性は、もはや否定しようがない。貫之と古今的な言語の運びに、エリュアールやブルトンを加えたような感覚である。抽象的なイメージの倒影が、これ以上ない言葉の「うなじ」を浮かび上がらせ、具象そのものとは比べものにならない言葉の流れから鮮烈な官能性が引き出される。右の二篇よりも以前の作品であれば、「春のために」(『記憶と現在』一九五六年、から)を引くこともできるはずだ。

おまえの手をぼくの手に
おまえのつぶてをぼくの空に　ああ
今日の空の底を流れる花びらの影

空の底という捉え方じたい、もはや貫之そのものではないか。花びらではなく、花びらの影に視線を投げることで逆に花びらの重さを言い、「おまえの手」の、肉体の一部であってそうではない不思議な頼りなさを射貫く。『土左日記』の引用歌で貫之が好きになったと告白しながら、大岡信はそれがいつのことなのかを明示していない。父親が窪田空穂の弟子だったこともあって、周辺には古典文学がつねに存在し、十代の半ばには「青き麦」のような短歌を詠んでいた。しかしそこに万葉の調べは感じられても、「水底」を思わせるイメージははっきりあらわれていない。『うたげと孤心』の序によれば、欧米の詩にのめり込んで原典を味読しつつ、それを日本語の詩作に転移させるにあたって容易に乗り越えがたい困難を感じたことが、あらためて古典文学を読み返し、日本語の言語運用の要を学びなおすきっかけになったという。その時期に『土左日記』に触れていたとすれば、彼は十代の終わりか二十代で「みなぞこ」に出会い、古今的な空の底に流れる時間感覚を得たのではないか。貫之という、歌人にしてすぐれた批評家の鏡におのれの顔を映しながら、言葉を空の底にあげて、幻としての花びらが投影されるまでの「過程」を描いたのが『紀貫之』なのである。

最後に、本書の末尾で引かれた『後撰和歌集』収録の一首にも、「影」が出てくることを確認しておきたい。

うち群れていざ我妹子が鏡山越えて紅葉の散らむ影見む

やまの「鏡」が、紅葉そのものではなく、散る影を映し出す。華やいだエロスもただようこの貫之の歌は、一九七八年の詩集『春　少女に』に収められた「丘のうなじ」を連想させずにおかない。

丘のうなじがまるで光つたやうではないか
灌木の葉がいつせいにひるがへつたにすぎないのに

恋の相手は生身の女性だ。もしくは言葉だ。「合わす」術は、やわらかい肌にも固い言葉にも用いられる。『紀貫之』という書物全体が、この「合わす」仕事の産物なのであり、そこに置かれた鏡の山に自分自身をぶつけてより高い次元に進もうとする開かれた孤独の事例なのだ。現実の森よりもうつくしい「水に映る森影」が、より確かな現実となる瞬間を、大岡信は紀貫之とともに眺めていたのである。

この作品は一九七一年九月、筑摩書房より「日本詩人選」7として刊行され、その後一九八九年九月、ちくま文庫より刊行された。

戦後日本漢字史 阿辻哲次

GHQの漢字仮名廃止案、常用漢字制定に至る制度的変遷、ワープロの登場。漢字はどのような議論や試行錯誤を経て、今日の使用へと至ったか。

現代小説作法 大岡昇平

西欧文学史に通暁し、自らの作品においては常に事物を明晰に観じ、描き続けた著者が、小説作法の要諦を論じ尽くした名著を再び。（中条省平）

折口信夫伝 岡野弘彦

古代人との魂の響き合いを悲劇的なまでに追求した人・折口信夫。敗戦後の思想まで、最後の弟子が師の内面を描く。追慕と鎮魂の念に満ちた傑作伝記。

日本文学史序説（上） 加藤周一

日本文学の特徴、その歴史的発展や固有の構造を浮き上がらせて、万葉の時代から源氏・今昔・能・狂言を経て、江戸時代の徂徠や俳諧まで。

日本文学史序説（下） 加藤周一

従来の文壇史やジャンル史などの枠組みを超えて、幅広い視座に立ち、江戸町人の時代から、国学や蘭学を経て、維新・明治、現代の大江まで。

村上春樹の短編を英語で読む 1979～2011（上） 加藤典洋

英訳された作品を糸口に村上春樹の短編世界を読み解き、その全体像を一望する画期的批評。村上の小説家としての「闘い」の様相をあざやかに描き出す。

村上春樹の短編を英語で読む 1979～2011（下） 加藤典洋

デタッチメントからコミットメントへ――。デビュー以来の80編におよぶ短編を丹念にたどることで浮かびあがる、村上の転回の意味とは？（松家仁之）

江戸奇談怪談集 須永朝彦編訳

江戸の書物に遺る夥しい奇談・怪談から選りすぐった百八十余篇を集成。端麗な現代語訳により、古の妖しく美しく怖ろしい世界が現代によみがえる。

王朝奇談集 須永朝彦編訳

『今昔物語集』『古事談』『古今著聞集』等の古典から稀代のアンソロジストが流麗な現代語訳で遺した82編。幻想とユーモアの玉手箱。（金沢英之）

江戸の想像力　田中優子

平賀源内と上田秋成という異質な個性を軸に、江戸18世紀の異文化受容の屈折したありようとダイナミックな近世の〈運動〉を描く。（松田修）

日本人の死生観　立川昭二

西行、兼好、芭蕉等代表的古典を読み、「死」の先達から「終（しま）い方」の極意を学ぶ指針の書。日本人の心性の基層とは何かを考える。（島内裕子）

鏡のテオーリア　多田智満子

天然の水鏡、銅鏡、ガラスの鏡――すべてを容れる鏡は古今東西の人間の心にどのような光と迷宮をもたらしたか。テオーリア（観照）はつづく。

魂の形について　多田智満子

鳥、蝶、蜜蜂などに託されてきた魂の形象。夢のようでありながら真実でもあるものに目を凝らし、想念を巡らせた詩人の代表的エッセイ。（金沢百枝）

頼山陽とその時代（上）　中村真一郎

江戸後期の歴史家・詩人頼山陽の生涯は、病による異変とともに始まった――。山陽や彼と交流のあった人々を活写し、漢詩文の魅力を伝える傑作評伝。

頼山陽とその時代（下）　中村真一郎

江戸の学者や山陽の弟子たちを眺めた後、畢生の書『日本外史』はじめ、山陽の学藝を論じて大著は幕を閉じる。第22回芸術選奨文部大臣賞受賞（揖斐高）

定家明月記私抄　堀田善衞

美の使徒・藤原定家の厖大な日記『明月記』を読みとき、大乱世の相貌と詩人の実像を生き生きと描く名著。本篇は定家一九歳から四八歳までの記。

定家明月記私抄　続篇　堀田善衞

壮年期から、承久の乱を経て八〇歳の死まで。乱世を生きぬき宮廷文化最後の花を開いた藤原定家の人と時代を浮彫りにする。（井上ひさし）

都市空間のなかの文学　前田愛

鷗外や漱石などの文学作品と上海・東京などの都市空間――この二つのテクストの相関を鮮やかに捉えた近代文学研究の金字塔。（小森陽一）

増補 文学テクスト入門　前田愛
漱石、鷗外、芥川などのテクストに新たな読みの可能性を発見し、〈読書のユートピア〉へと読者を誘なう、オリジナルな入門書。（小森陽一）

後鳥羽院　第二版　丸谷才一
後鳥羽院は最高の天皇歌人であり、その和歌は藤原定家の上をゆく。「新古今」で偉大な批評家の才も見せる歌人を論じた日本文学論。（湯川豊）

図説　宮澤賢治　天沢退二郎／栗原敦／杉浦静編
賢治を囲む人びとや風景、メモや自筆原稿など、約250点の写真から詩人の素顔に迫る。第一線の賢治研究者たちが送るポケットサイズの写真集。

宮沢賢治　吉本隆明
生涯を決定した法華経の理念は、独特な自然の把握や倫理に変換された無償の資質といかに融合したのか？　作品への深い読みが賢治像を画定する。

東京の昔　吉田健一
第二次大戦により失われてしまった情緒ある東京。その節度ある姿、暮らしやすさを通してみせる、作者一流の味わい深い文明批評。（島内裕子）

日本に就て　吉田健一
政治に関する知識人の発言を俎上にのせ、責任ある市民に必要な「見識」について舌鋒鋭く論じつつ、路地裏の名店で舌鼓を打つ。甘辛評論選。（苅部直）

甘酸っぱい味　吉田健一
酒、食べ物、文学、日本語、東京、人、戦争、暇つぶし等々についてつらつら語る、どこから読んでもヨシケンな珠玉の一〇〇篇。（四方田犬彦）

英国に就て　吉田健一
少年期から現地での生活を経験し、ケンブリッジに進んだ著者だからこそ書ける極めつきの英国文化論。既存の英国像がみごとに覆される。（小野寺健）

平安朝の生活と文学　池田亀鑑
服飾、食事、住宅、娯楽など、平安朝の人びとの生活を、『源氏物語』や『枕草子』をはじめ、さまざまな古記録をもとに明らかにした名著。（高田祐彦）

紀貫之　大岡信

子規に「下手な歌よみ」と痛罵された貫之。この評価は正当だったのか。詩人の感性と論理的実証によって新たな貫之像を創出した名著。（堀江敏幸）

現代語訳 信長公記（全）　太田牛一　榊山潤訳

幼少期から「本能寺の変」まで、織田信長の足跡をつぶさに伝える一代記。作者は信長に仕えた人物で、史料的価値も極めて高い。（金子拓）

現代語訳 三河物語　大久保彦左衛門　小林賢章訳

三河国松平郷の一豪族が徳川を名乗って天下を治めるまで、主君を裏切ることなく忠勤にはげんだ大久保家。その活躍と武士の生き方を誇らかに語る。

雨月物語　上田秋成　高田衛／稲田篤信校注

上田秋成の独創的な幻想世界「浅茅が宿」「蛇性の婬」など九篇を、本文、語釈、現代語訳、評を付しておくる〝日本の古典〟シリーズの一冊。

一言芳談　小西甚一校注

往生のために人間がなすべきことは？　思いきった逆説表現と鋭いアイロニーで貫かれた、中世念仏者たちの言行を集めた聞書集。（臼井吉見）

古今和歌集　小町谷照彦訳注

王朝和歌の原点にして精髄と仰がれてきた第一勅撰集の全歌訳注。歌語の用法をふまえ、より豊かな読みへと誘う索引類や参考文献を大幅改稿。

枕草子（上）　清少納言　島内裕子校訂・訳

芭蕉や蕪村が好み与謝野晶子が愛した、北村季吟の注釈書『枕草子春曙抄』の本文を採用。江戸、明治と読みつがれてきた名著に流麗な現代語訳を付す。

枕草子（下）　清少納言　島内裕子校訂・訳

『枕草子』の名文は、散文のもつ自由な表現を全開させ、優雅で辛辣な世界の扉を開いた。随筆文学屈指の名品は、また成熟した文明批評の顔をもつ。

徒然草　兼好　島内裕子校訂・訳

後悔せずに生きるには、毎日をどう過ごせばよいか。人生の達人による不朽の名著。全二四四段の校訂原文と、文学として味読できる流麗な現代語訳。

方丈記
鴨長明
浅見和彦校訂・訳
天災、人災、有為転変。そこで人はどう生きるべきか。この永遠の古典を、混迷する時代に生きる現代人ゆえに共鳴できる作品として訳解した決定版。

梁塵秘抄
植木朝子編訳
平安時代末の流行歌、今様。みずみずしく、時にユーモラス、また時に悲惨でさえある、生き生きとした今様から、代表歌を選び懇切な解説で鑑賞する。

藤原定家全歌集（上）
藤原定家
久保田淳校訂・訳
『新古今和歌集』の撰者としても有名な藤原定家自作の和歌約四千二百首を収録。上巻には私家集『拾遺愚草』を収め、全歌に現代語訳と注を付す。

藤原定家全歌集（下）
藤原定家
久保田淳校訂・訳
下巻には『拾遺愚草員外』『同員外之外』および「初句索引」等の資料を収録。最新の研究を踏まえ、現在知られている定家の和歌を網羅した決定版。

定本 葉隠〔全訳注〕（上）（全3巻）
山本常朝／田代陣基
佐藤正英校訂
吉田真樹監訳注
武士の心得として、一切の「私」を「公」に奉る覚悟を語り、日本人の倫理思想に巨大な影響を与えた名著。上巻はその根幹「教訓」を収録。決定版新訳。

定本 葉隠〔全訳注〕（中）
山本常朝／田代陣基
佐藤正英校訂
吉田真樹監訳注
常朝の強烈な教えに心を衝き動かされた陣基は、武士のあるべき姿の実像を求める。中巻では、治世と乱世という時代認識に基づく新たな行動規範を模索。

定本 葉隠〔全訳注〕（下）
山本常朝／田代陣基
佐藤正英校訂
吉田真樹監訳注
躍動する鍋島武士たちを活写した聞書八・九と、信玄・家康などの戦国武将を縦横無尽に論評した聞書十、補遺篇の聞書十一を下巻には収録。全三巻完結。

現代語訳 応仁記
志村有弘訳
応仁の乱――美しい京の町が廃墟と化すほどのこの大乱はなぜ起こり、いかに展開したのか。室町時代に書かれた軍記物語を平易な現代語訳で。

現代語訳 藤氏家伝
沖森卓也／佐藤信／矢嶋泉訳
藤原氏初期の歴史が記された奈良時代後半の書。藤原鎌足とその子貞慧、そして藤原不比等の長男武智麻呂の事績を、明快な現代語訳によって伝える。

音を視る、時を聴く［哲学講義］　大森荘蔵＋坂本龍一
音の時間的空間的特性と数学的構造とは。音楽と哲学、離れた二つが日常世界の無常と恒常の間で語りつくされる。一九八二年の名対談がここに。

増補　虚構の時代の果て　大澤真幸
オウム事件は、社会の断末魔の叫びだった。衝撃的事件から時代の転換点を読み解き、現代社会と対峙する意欲的論考。（見田宗介）

言葉と戦車を見すえて　加藤周一　小森陽一／成田龍一編
知の巨人・加藤周一が、日本と世界の情勢について、何を考え何を発言しつづけてきたのかが俯瞰できる論考群を一冊に集成。（小森／成田）

敗戦後論　加藤典洋
なぜ今も「戦後」は終わらないのか。敗戦がもたらした「ねじれ」を、どう克服すべきなのか。戦後問題の核心を問い抜いた基本書。（内田樹＋伊東祐吏）

柄谷行人講演集成　1985-1988　言葉と悲劇　柄谷行人
シェイクスピアからウィトゲンシュタインへ、西田幾多郎からスピノザへ。その横断的な議論は批評の可能性そのものを顕示する。計14本の講演を収録。

柄谷行人講演集成　1995-2015　思想的地震　柄谷行人
根底的破壊の後に立ち上がる強靭な言葉と思想――。この20年間の代表的講演を著者自身が精選した待望の講演集。学芸文庫オリジナル。

国家とはなにか　萱野稔人
国家が存立する根本要因を「暴力をめぐる運動」の中に見出し、国民国家の成立から資本主義との関係までを論じ切った記念碑的論考。（大竹弘二）

増補　広告都市・東京　北田暁大
都市そのものを広告化してきた80年代消費社会。その戦略と、90年代のメディアの構造転換は現代を生きる我々に何をもたらしたか、鋭く切り込む。

インテリジェンス　小谷賢
スパイの歴史、各国情報機関の組織や課題から、情報との付き合い方まで――豊富な事例を通して「情報」のすべてがわかるインテリジェンスの教科書。

良い死／唯の生　立岩真也

安楽死・尊厳死を「良い死」とする思考を批判的に検討し、誰でも「生きたいなら生きられる社会」へと変革するには何が必要かを論じる。（大谷いづみ）

20世紀思想を読み解く　塚原史

「自由な個人」から「全体主義的な群衆」へ。人間という存在が劇的に変質した世紀の思想を、無意味・未開・狂気等キーワードごとに解読する。

緑の資本論　中沢新一

『資本論』の核心である価値形態論を一神教的に再構築することで、自壊する資本主義からの脱出の道を考察した、画期的論考。（矢田部和彦）

反＝日本語論　蓮實重彦

仏文学者の著者、フランス語を母国語とする夫人、日仏両語で育つ令息。三人が遭う言語的葛藤から見えてくるものとは？（シャンタル蓮實）

橋爪大三郎の政治・経済学講義　橋爪大三郎

政治は、経済は、どう動くのか。この時代を生きるために、日本と世界の現実を見定める目を養い、考える材料を蓄え、構想する力を培う基礎講座！

学習の生態学　福島真人

現場での試行錯誤を許す「実験的領域」はいかに成立するか。救命病棟、原子力発電所、学校等、組織での学習を解く理論的枠組みを示す。（熊谷晋一郎）

フラジャイル　松岡正剛

なぜ、弱さは強さよりも深いのか？　薄弱・断片・あやうさ・境界・異端……といった感覚に光をあて、「弱さ」のもつ新しい意味を探る。（高橋睦郎）

言葉とは何か　丸山圭三郎

言語学・記号学についての優れた入門書。ソシュール研究の泰斗が、平易な語り口で言葉の謎に迫る。術語・人物解説、図書案内付き。（中尾浩）

戦争体験　安田武

わかりやすい伝承は何を忘却するか。戦後における戦争体験の一般化を忌避し、矛盾に満ちた自らの体験の「語りがたさ」を直視する。（福間良明）

ちくま学芸文庫

紀《きの》貫之《つらゆき》

二〇一八年二月十日　第一刷発行
二〇二四年四月五日　第二刷発行

著　者　大岡信（おおおか・まこと）
発行者　喜入冬子
発行所　株式会社　筑摩書房
　　　　東京都台東区蔵前二―五―三　〒一一一―八七五五
　　　　電話番号　〇三―五六八七―二六〇一（代表）
装幀者　安野光雅
印刷所　株式会社精興社
製本所　株式会社積信堂

ISBN978-4-480-09845-0 C0195